OETINGER TASCHENBUCH

Caja Cazemier wurde 1958 in Spijkenisse/Niederlande geboren.
Sie arbeitete erst einige Jahre in der Gesundheitsfürsorge, bevor sie sich entschloss, Literatur zu studieren. Nachdem sie mehr als 10 Jahre als Lehrerin tätig war, fing sie an, Kinder- und Jugendbücher zu schreiben. Heute lebt sie als freie Schriftstellerin in Leeuwarden.

Caja Cazemier

Online Date

Aus dem Niederländischen
von Sonja Fiedler-Tresp

Oetinger Taschenbuch

Das für dieses Buch verwendete FSC®-zertifizierte
Papier Danube liefert Salzer Papier, St. Pölten, Austria.
Der FSC® ist eine nicht staatliche, gemeinnützige Organisation,
die sich für eine ökologische und sozialverantwortliche
Nutzung unserer Wälder einsetzt.

Neuausgabe
2. Auflage 2014

Oetinger Taschenbuch GmbH, Hamburg
Juli 2012
Alle Rechte dieser Ausgabe vorbehalten
© Originalausgabe: Uitgeverij Ploegsma BV, Amsterdam, 2006
Originaltitel: »Vamp«
© Deutsche Erstausgabe: Klopp im Dressler Verlag GmbH,
Hamburg, 2008, unter dem Titel »Riskanter Chat«
Aus dem Niederländischen von Sonja Fiedler-Tresp
Umschlaggestaltung: Zero Werbeagentur
Druck: GGP Media GmbH, Pößneck
ISBN 978-3-8415-0176-9

www.oetinger-taschenbuch.de

1

Jade übte vor dem Spiegel. Wie setzte man sich sexy in Positur? So? Sie stellte die Füße etwas auseinander und legte sich die Hände flach auf den Po. Dann drückte sie den Po nach hinten, schob den Busen nach vorn und blickte mit schief gelegtem Kopf so herausfordernd wie möglich.

Oder so? Sie drehte sich halb um, sodass ihr Rücken im Spiegel zu sehen war. Sie legte sich eine Hand ins Kreuz und die andere in den Nacken und sah sich selbst über die Schulter hinweg an. Und wie guckte man verführerisch? Sie spitzte die Lippen zu einem Kussmund. Hm, nein, nicht gut. Die Videoclips auf MTV kamen ihr in den Sinn. Dann öffnete sie leicht die Lippen, schloss die Augen halb und fragte Malini: »Wie komme ich rüber?«

»Verführerisch, echt!«, sagte ihre Freundin.

Jade hörte das Klicken der Kamera. Das stimmt nie im Leben, dachte Jade.

»Sieh mal!« Malini rief das Foto wieder auf, und Jade sah sich selbst auf dem kleinen Display der Digitalkamera.

»Ein echter Vamp!«, sagte Malini grinsend.

»Ein was?«, fragte Jade.

»Ein Vamp, eine verführerische Frau!«

»Noch nie gehört.«

Es kam öfter vor, dass Malini Ausdrücke verwendete, die Jade nicht kannte, aber dieser klang wie ein geheimnisvolles Kompliment. Jade sah noch einmal auf das Display. War sie das? Sie erkannte sich selbst kaum wieder. »Hm, tatsächlich nicht schlecht«, urteilte sie. »Noch ein paar?«

Jade nahm eine andere Haltung ein, während Malini mit der Kamera um sie herumwirbelte. Jade bekam Spaß daran. »Los, auch von Nahem, nur mein Gesicht.«

Jade warf wieder einen Blick in den Spiegel. Sie war groß und dünn, aber auf dem Foto sah man das zum Glück nicht so. Sie trug die Jeans mit den farbigen Applikationen und einen kurzen Pulli, der ihre Schultern nicht bedeckte. Sie hatte helle Haut mit zu vielen Pickeln, und es hatte noch zu wenig Sonne gegeben, um ein bisschen braun zu sein. Meistens war sie unsicher wegen ihres Äußeren, aber mit viel Schminke und so, wie sie heute ihre langen Haare kunstvoll nach oben drapiert hatte, ging es. Das Einzige, mit dem sie wirklich zufrieden war, war ihr Busen, der wohlgeformt war, nicht zu groß und nicht zu klein!

»Jetzt bin ich dran«, sagte Malini und drückte Jade die Kamera in die Hand.

»Du wärst ein tolles Model«, sagte Jade und betrachtete ihre Freundin, die jetzt ihrerseits sexy Posen und Blicke ausprobierte, mit einem Das-ist-nicht-gerecht-Blick. Malini kam sehr überzeugend rüber, aber sie hatte eben auch einen wohlgeformten Körper, dessen Maße rundum perfekt waren und der von einer reinen, hellbraunen Haut umhüllt wurde. Malini hatte sehr ausdrucksvolle braune Augen und glänzendes, langes schwarzes Haar. Sie war wirklich eine Schönheit.

Jades Mutter besaß eine Ballettschule. Sie waren in dem leeren Ballettsaal, um Fotos voneinander zu machen. Die Idee hatten sie heute Mittag gehabt, als sie gelangweilt vor dem Computer saßen. Es waren Ferien, und der Regen prasselte gegen die Fenster in Jades Zimmer. Sie und Malini hatten mit ihrer Freundin Sacha gechattet, die bei ihrem Vater war und sich wegen des schlechten Wetters ebenfalls langweilte. Danach hatten die Freundinnen eine Weile im Internet gesurft.

Die Idee mit den Fotos stammte von Malini. Jade war sofort begeistert gewesen. »Sehr guter Plan! Wann?«

»Jetzt sofort. Ich habe eine Kamera«, hatte Malini gesagt.

»Und ich Eltern«, sagte Jade und schnipste mit den Fingern.

»Die hab ich auch«, merkte Malini an.

»Ach was, nein, ich meine, ich habe nützliche Eltern, brauchbare Eltern, die in diesem Fall tatsächlich zu etwas nutze sind.«

Malini prustete los. »Gestern hattest du noch eine ganz andere Meinung von deinen Eltern. Sie waren gestört, scheintot, Barbaren, sie waren wer weiß wie altmodisch.«

Jade dachte an den gestrigen Streit mit ihrer Mutter über MSN zurück. Jade hatte ganz offen erzählt, was sie so die ganze Zeit in ihrem Zimmer trieb. Nach Meinung ihrer Mutter war es ungesund, so viel am Computer zu sitzen. Sie hatte für den Rest des Tages nicht mehr an den Computer gedurft. Das war eine milde Strafe, denn sie hatte einfach bei Malini weitergemacht. Und als sie sich abends bei ihrem Vater beklagt hatte, hatte der ihrer Mutter auch noch recht gegeben!

»Das war gestern«, sagte Jade jetzt. »Sie werden sich freuen, dass wir uns mal anders amüsieren.«

Malini grinste. »Aber wie nützlich ist nützlich?«

»Ich frage meinen Vater, ob er uns die Haare macht, und dann schießen wir die Fotos im Ballettsaal.«

»Wow! Was hast du doch für nützliche Eltern!«

»Sag ich doch!«

»Ich muss nur schnell meine Kamera holen«, sagte Malini und schaute mit gerümpfter Nase nach draußen. Es regnete ununterbrochen.

Jade sah auf die Uhr. Es war vier Uhr. »Und ich gehe bei meinem Vater vorbei. Dann ist die Wahrscheinlichkeit, dass er Ja sagt, größer, als wenn wir ihn anrufen. Komm, lass uns zusammen gehen.«

Weg war die Langeweile. Sie rappelten sich aus ihrer bequemen Lage hoch, stellten den Computer auf Stand-by und liefen singend die Treppe runter. Im Flur holte Jade einen Regenschirm aus einer Kommode, und sie zogen ihre Jacken von der Garderobe. Dann gingen sie noch eine Etage tiefer. Sie standen nun im Erdgeschoss. Hier war die Ballettschule ihrer Mutter: links der Ballettsaal, rechts die drei Umkleidekabinen und die Duschen. In den Ferien fand kein Unterricht statt, aber trotzdem drang Musik aus dem Studio. Jade öffnete die Tür einen Spalt und sah ihre Mutter in Tanzkleidung vor dem Spiegel stehen, sie blickte konzentriert auf ihre eigenen Bewegungen, die sie immer wieder wiederholte und schließlich auf einem Blatt notierte, das vor ihr auf dem Boden lag. Ihre Mutter war dabei, sich neue Übungen auszudenken. Jade rief: »Mama, wir gehen kurz weg, okay?«

Ihre Mutter winkte zur Antwort.

»Können wir heute Abend hier rein?«

»Jaa, ist okaaay«, sang ihre Mutter über die Musik hinweg.

»Das war das eine«, sagte Jade, nachdem sie die Tür geschlossen hatte. »Und jetzt auf zum Friseursalon meines Vaters.«

Draußen öffnete Jade den Regenschirm, und sie liefen Arm in Arm die kleine Straße entlang, überquerten den Platz und bogen in die Einkaufsstraße ein. Es war praktisch, so mitten in der Stadt zu wohnen, fand Jade. Man hatte die Geschäfte gleich um die Ecke. Und ihre Oma wohnte auch in der Innenstadt! Weil sie fast wie eine Freundin für sie war, ging Jade sehr oft einfach so bei ihr vorbei.

Als sie die Tür zum Friseursalon öffneten, erklang fröhliches Gebimmel. Auf der Schwelle schüttelte Jade die Regentropfen vom Schirm. Drinnen war es angenehm warm, und es hing süßer Mandelduft in der Luft. Jade hörte Malini schnuppern. Sie wusste, dass fast alle Produkte, die ihr Vater benutzte, diesen Geruch hatten: die Shampoos, die Festiger, die Haarfarben. Sie fand, dass es sehr gut roch.

Ihr Vater sah auf. »Hallo, Mädels, was führt euch zu mir?«

Sie erzählten es ihm.

»So, das ist auch geregelt«, sagte Jade kurz darauf zufrieden.

Danach gingen sie zu Malini nach Hause, um die Kamera zu holen. Dann schlugen sie die Zeit mit MTV tot, und um sechs Uhr waren sie wieder im Salon. Jade wusste, dass ihr Vater es sehr zu schätzen wusste, wenn sie schnell beim Aufräumen mithalfen. So gewann er wieder etwas Zeit.

»Wer zuerst?«, fragte er.

Malinis lange, dunkle Haare flocht er und steckte sie hoch. Nur einige wenige Locken an ihrer hohen Stirn ließ er lose herabhängen. Für Jades blonde Haare hatte er sich einen wilden Look überlegt: auch hochgesteckt, aber völlig ungebändigt. Und mit sehr viel Nadeln und Spray, denn sie hatte ziemlich dünnes Haar. Beide Mädchen waren mit dem Ergebnis zufrieden. Ihr Vater auch. Jade war an die bewundernden Blicke gewöhnt, die Malini stets auf sich zog, aber der stolze Blick, mit dem er sie beide betrachtete, galt ihr genauso.

»Hübsche Mädchen!«, sagte er dann auch anerkennend.

Vaterliebe macht natürlich blind, dachte Jade. Aber es war lieb von ihm.

Nach dem Essen musste natürlich erst mal *GZSZ* geschaut werden. Danach tauchten sie in Jades gut sortierten Kleiderschrank ab. Vorsichtig zogen sie sich jede Menge Oberteile über den Kopf. Sie mussten verschiedene Kombinationen ausprobieren, und es dauerte eine Weile, bis sie ihre Wahl getroffen hatten.

»Und jetzt schminken.«

Dafür brauchten sie eine Viertelstunde. Danach waren sie bereit für den Ballettsaal. Durch die Seitenfenster fiel gerade noch etwas Sonnenlicht in den Raum: lange Streifen über dem schwarzen Ballettboden. Auf ihnen tanzten Staubpartikel in einer unbekannten Choreografie.

Der Saal war groß, leer und still. Aber nicht mehr, nachdem Jade die Musik angestellt hatte. Sie lief hüftschwingend hin und her. Sie bewegte ihre Arme, machte eine Art

Wechselschritt quer durch den Raum, drehte sich federnd um ihre Achse und sprang hoch, während sie elegant ihre Beine in die Luft warf.

»Hattest du eigentlich Unterricht bei deiner Mutter?«, fragte Malini, die ihr zugesehen hatte.

»Ja, früher, als Kind. Das war Pflicht. Aber es hat mir auch sehr gefallen. Jetzt nicht mehr, ich habe damit aufgehört, als ich dreizehn wurde.«

»Ach ja, dein faules Alter. Soweit ich weiß, hast du da mit allem aufgehört.«

Jade streckte den Finger in die Höhe. »Außer mit chatten, Fernsehen gucken, Musik hören, shoppen ...«

»Und ein bisschen was für die Schule tun, hoffe ich doch?«, ergänzte Malini.

Jade grinste. »Ja, sicher, in gut dosierten Mengen!«

Da war Malini anders. Von ihrer Clique, von Malini, Sacha, Lian und ihr, war Malini die Einzige mit Ehrgeiz. Jade selbst strengte sich nicht mehr an als unbedingt notwendig. Sie schaffte Jahr für Jahr mit Ach und Krach die Klasse. Sie tat immer so viel für die Schule, dass es gerade reichte.

Sie zog Malini zu sich heran und nahm mit ihr zusammen Tanzhaltung ein. »Ich hätte Lust auf Paartanz.«

»Na, dann mach das doch.«

»Nächstes Jahr!«

Ihre Arme und Beine verharkten sich, und lachend fielen sie sich in die Arme. »Jetzt machen wir noch ein paar Fotos von uns beiden«, beschloss Jade.

Sie betrachteten ihr gemeinsames Spiegelbild. Sie waren ein sehr schönes Paar, sagten sie oft aus Spaß. Die eine ganz blond, die andere ganz dunkel.

An der langen Seite des Saals vor ihnen waren Spiegel und hinter ihnen auch. Das Ergebnis war, dass Jade sich selbst und Malini unendlich oft sah, von groß bis immer kleiner. Das war sehr lustig: Sie sahen abwechselnd ihre Gesichter und ihre Rücken.

»Das ist schön«, sagte sie.

Malini nahm ihre Kamera und begann zu fotografieren, ihre immer wiederkehrenden Körper in den Spiegeln, in verschiedenen Haltungen. Jades Gesicht von vorn, aber sich immer wieder im Spiegel wiederholend. Danach stellte Malini Jade vor die weiße Gardine, um einen neutralen, ruhigen Hintergrund zu haben, aber sie nutzte auch die Leere des Ballettsaals als Hintergrund. Als sie damit fertig war, machte Jade Fotos von Malini, wobei sie stets die Anweisungen ihrer Freundin befolgte.

Sie betrachteten das Ergebnis. Malini sagte: »Sie sind schön, aber alle sehr brav, siehst du? Lass uns auch ein paar heiße Fotos machen. Nur so aus Spaß. Wir sind doch eh schon dabei.«

Darum stand Jade nun da und versuchte, verführerisch auszusehen. Und es gefiel ihr! Jade dachte an Kevin, den hübschesten Jungen der Schule. Wenn sie sich vorstellte, er würde sie so sehen ... Sie zog ihren Pulli ein Stück herunter, sodass die Rundung ihrer Brüste besser zu sehen war. »Ranzoomen, Malini«, befahl sie.

Jade wollte auf dem Foto gerne ein Vamp sein, wie Malini es vorhin genannt hatte. In der Realität würde sie sich das niemals trauen.

Aber Malini hatte recht: Jetzt war sie an der Reihe. Sie machten noch viele weitere Fotos und waren schließlich zufrieden. Mit der Kamera gingen sie zurück zu Jades Computer und schlossen sie daran an. Sie sahen sich selbst in Bildschirmgröße. Die Fotos waren gut geworden! Wow! Sie sahen richtig toll aus. Alle beide! Es fiel nicht auf, wie groß Jade war, das Make-up hatte gute Arbeit geleistet, und ihre Brüste kamen gut zur Geltung. Vor allem auf einem der Fotos! Durch das sanfte Licht wirkten selbst ihre knochigen Schultern etwas runder.

»Jetzt pass mal auf«, sagte Malini. Sie konnte die Fotos mithilfe des Computers ein bisschen bearbeiten. Sie schuf bei einigen Fotos eine romantischere Stimmung und machte bei anderen die Farben wärmer. Jade schien auf einmal eine knackig braune Haut zu haben!

»Du bist echt geschickt!«, rief Jade zufrieden. »Schön!«

Es war schwer, eine Auswahl zu treffen, dafür brauchten sie eine Menge Cola und Chips. Nachdem jede von ihnen etwa zehn Fotos ausgesucht hatte, surften sie zu einer der größten Online-Communitys.

Jetzt begann die eigentliche Arbeit. Sie meldeten sich an und erstellten kichernd Profile von sich, erst von Malini, dann von Jade.

2

Edelstein: hi, malini, hast du uns gesehen?
? ? ?
Niccky: hi, jade, alles okej?
Edelstein: yes! wir sehen super aus
Niccky: ja, echt klasse
Edelstein: 1 Tag in der community
Edelstein: und jetzt schon kommentare
Niccky: und jetzt schon punkte
Niccky: weiß sas es schon?
Edelstein: ja
Edelstein: und lian auch
Niccky: vielleicht können sie sich auch einloggen
Edelstein: dann machen wir noch mal auf modell
Edelstein: vielleicht werde ich später fotomodell
Niccky: ich dachte, du wolltest mit alten knackern arbeiten
Edelstein: bitte etwas mehr respekt
Niccky: sorry
Edelstein: aber du hast schon recht
Niccky: was du daran bloß findest
Edelstein: aber eine modelkarriere stelle ich mir auch cool vor
Edelstein: witz gemacht
Niccky: häh?
Edelstein: ich bin als model nicht geeignet

Niccky: warum nicht?
Edelstein: nicht hübsch genug
Niccky: wenn die fotos bearbeitet sind und man geschminkt ist, sieht jeder gut aus
Edelstein: ja, kann sein
Niccky: man muss gut posieren können
Niccky: das kannst du
Edelstein: und dann wirst du fotografin
Nickky: na ja
Edelstein: nicht?
Niccky: ich weiß noch nicht, was ich will. möglichst lange zur Schule gehen
Edelstein: aber danach! deine fotos sind sehr gut
Niccky: na ja
Edelstein: echt
Niccky: oh?
Edelstein: ja
Niccky: seufz
Edelstein: was denn?
Niccky: warum hast du so viele klamotten?
Edelstein: ich hab einen coolen job als babysitterin. heute abend wieder
Niccky: gut fürs portemonnaie
Edelstein: und manchmal schenkt mir die mutter der kinder auch noch was
Niccky: gut für den kleiderschrank
Edelstein: gut für mich ? ? ?
Edelstein: die kinder sind lieb
Edelstein: die kinder sind lustig
Niccky: ach

Edelstein: ich bin verrückt nach kindern
Edelstein: vielleicht mach ich später auch was mit kindern
Niccky: möglich
Niccky: muss gehen
Edelstein: viel spaß
Niccky: cul
Edelstein: cu

Ja, sie standen auf der Website! Wow, das war wirklich etwas Besonderes, sich selbst im Internet zu sehen. Und jeder konnte sie sehen! Ihre Fotos waren wirklich schön. Das sagten alle. Sogar richtig künstlerisch, wie ein Junge angemerkt hatte. Ein Kompliment für Malini!

Ihr Profil war ansonsten ziemlich durchschnittlich, dachte Jade auf einmal unsicher. Aber sie waren nun mal ganz normale Mädchen mit einem ganz normalen Leben. Sie hatte schon darüber nachgedacht. Sie hatten nichts Besonderes zu vermelden. Na ja, Malini mit ihrer indonesischen Herkunft, die konnte noch von ihrer Adoption berichten. Aber sie? Ein Vater, eine Mutter – nicht mal geschieden –, ein Bruder, Schule, Freundinnen. Eigentlich wäre sie gerne etwas Besonderes gewesen.

Und jetzt hatten sie außergewöhnliche, also besondere Fotos! Sie hatten auch schon Kommentare bekommen! Malini natürlich mehr als sie. Logisch. Aber auch sie hatte schon Punkte! Auch wenn sie selber von den Fotos begeistert gewesen waren, war Jade trotzdem ziemlich überrascht.

Edelstein: hey, sacha!
Jungen sind Luft für mich … und ohne Luft kann ich nicht leben: hey, schatz
Edelstein: wie isses?
Jungen sind Luft für mich … und ohne Luft kann ich nicht leben: beschissen
Edelstein: wieso?
Jungen sind Luft für mich … und ohne Luft kann ich nicht leben: regen
Jungen sind Luft für mich … und ohne Luft kann ich nicht leben: langweile mich
Jungen sind Luft für mich … und ohne Luft kann ich nicht leben: is immer so langweilig bei meinem vater
Edelstein: arme maus
Jungen sind Luft für mich … und ohne Luft kann ich nicht leben: ich habe nichts zu tun
Edelstein: du ärmste
Jungen sind Luft für mich … und ohne Luft kann ich nicht leben: und deswegen esse ich zu viel süßes
Edelstein: gehst du denn nicht ins schwimmbad?
Jungen sind Luft für mich … und ohne Luft kann ich nicht leben: doch, ja
Edelstein: stell ich mir cool vor, einen bademeister als vater. umsonst schwimmen
Jungen sind Luft für mich … und ohne Luft kann ich nicht leben: ist oke, macht spaß
Jungen sind Luft für mich … und ohne Luft kann ich nicht leben: aber nicht den ganzen tag
Edelstein: schon nette jungs getroffen?

Jungen sind Luft für mich … und ohne Luft kann ich nicht leben: ich seh mich nicht um, wenn ich einen badeanzug anhabe
Edelstein: kapier ich nicht
Jungen sind Luft für mich … und ohne Luft kann ich nicht leben: sie sehen mich nicht, sie sehen nur meine speckröllchen. also gucke ich nicht zurück
Edelstein: du bist schon okay
Jungen sind Luft für mich … und ohne Luft kann ich nicht leben: bin nicht okay
Edelstein: was in dir steckt ist auch wichtig.
Jungen sind Luft für mich … und ohne Luft kann ich nicht leben: weiß ich schon
Jungen sind Luft für mich … und ohne Luft kann ich nicht leben: aber ja
Edelstein: trotzdem
Jungen sind Luft für mich … und ohne Luft kann ich nicht leben: zum Glück wurde msn erfunden
Jungen sind Luft für mich … und ohne Luft kann ich nicht leben: dadurch überlebe ich
Edelstein: warst du mal auf der site von der community?
Jungen sind Luft für mich … und ohne Luft kann ich nicht leben: yeah
Edelstein: wir sind drin
Edelstein: malini und ich
Jungen sind Luft für mich … und ohne Luft kann ich nicht leben: hab ich gesehen. hat was
Edelstein: ja
Jungen sind Luft für mich … und ohne Luft kann ich

nicht leben: malini hat schon viele bewertungen
Edelstein: ja. schön für sie?
Jungen sind Luft für mich ... und ohne Luft kann ich nicht leben: ich gebe dir meine stimme
Edelstein: geht nicht. musst erst selbst mitglied werden
Edelstein: ihr solltet auch ein profil von euch reinstellen
Edelstein: malini macht schöne fotos
Jungen sind Luft für mich ... und ohne Luft kann ich nicht leben: wenn ich wieder bei meiner ma bin
Jungen sind Luft für mich ... und ohne Luft kann ich nicht leben: ich geh jetzt. cu
Edelstein: cul

Wie schnell das mit den Punkten und den vielen Kommentaren bei Malini ging! Zwei Tage in der Community, und dann gleich so! Sie ging ab wie eine Rakete. Bei Jade lief es langsamer, aber auch sie hatte schon nette Reaktionen bekommen.

Klar, es waren Ferien. Ferien mit schlechtem Wetter. Und die Community machte Spaß. Jade nahm jetzt an allem teil. Chatten, Nachrichten verschicken, Punkte vergeben, im Forum mitreden.

Und sie hatte eine ganz besondere Nachricht erhalten. Von SuperSound. Jade konnte es nicht lassen, sie immer wieder aufzurufen und zu lesen. »Mein Tag war mit einem Schlag gerettet, nichts konnte mir mehr die gute Laune verderben, nur deinetwegen.« Und er hatte auch noch geschrieben: »Edelstein, ich schenk dir alle meine Punkte.«

Das war gestern. Und heute Morgen hatte er folgende Nachricht geschickt: »Ich habe den Tag mit einem Blick auf das schönste Mädchen begonnen.« Und eben las sie: »Ich träume von dir. Weil du da bist, ist mein Computer viel wertvoller geworden.« Er sprach von ihr!

Sie hatte sein Profil aufgerufen, er hatte witzige, halbe Fotos von sich eingestellt. Teile vom Gesicht. Ein Auge, eine Nase, ein Mund. Soweit sie es erkennen konnte, war er etwas älter als sie und sah nicht gerade unsympathisch aus. Aber das spielte auch keine Rolle, sie hatte einen Verehrer!

Jade war den ganzen Tag in der Community beschäftigt. Immer wieder gab es etwas Neues zu sehen und zu lesen. Sie hatte jede Menge Spaß dabei

```
Edelstein: hi, lian, da bist du ja endlich
Sunshine: hallo, jade
Edelstein: hi
Edelstein: musst du so viel arbeiten?
Sunshine: ja
Edelstein: heute abend auch wieder?
Sunshine: yes
Edelstein: warst du in der community?
Sunshine: ihr seht super aus
Edelstein: meine mutter hält nix davon
Edelstein: ich soll es löschen, sagt sie
Edelstein: schon mal so was dummes gehört?
Sunshine: nee, lächerlich
Edelstein: mittelalterlich
Sunshine: und dein vater?
```

Edelstein: der ist stolz
Sunshine: ihr seht klasse aus
Sunshine: coole kommentare
Sunshine: vor allem der eine
Edelstein: ja, oder?
Edelstein: die schönsten fotos haben wir gar nicht reingestellt
Sunshine: nein?
Edelstein: die behalten wir lieber für uns
Edelstein: du und sacha dürft sie sehen
Sunshine: bin neugierig
Edelstein: kommst du heute abend auch?
Sunshine: muss wieder meinen eltern helfen
Sunshine: hauptsaison, sagen meine eltern, viele touristen, die essen wollen
Edelstein: später dann?
Sunshine: gerne
Edelstein: bei malini zu hause
Sunshine: okay
Edelstein: cul
Sunshine: glgh in der community

Alles lief bestens. Zum Glück stand Jades Computer in ihrem Zimmer, wenn sie also nicht so viel darüber redete, bekam ihre Mutter nicht mit, dass sie den ganzen Tag davorsaß. Jade wollte keine der Nachrichten und Gästebucheinträge verpassen. Sie führte ein Weblog – auch, wenn sie nichts Besonderes zu erzählen hatte – und war sehr glücklich über diese Art und Weise, die Frühjahrsferien zu verbringen.

Aber ihre Mutter hatte gestern Abend tatsächlich verlangt, dass sie es runternahm. Sie hielt überhaupt nichts davon.

Voller Begeisterung hatte Jade ihren Eltern die Website gezeigt. Ihre Mutter hatte erschrocken reagiert: »Jeder x-Beliebige kann alles von dir sehen!« Es war, als ob sie sich selbst verkaufen wollte, fand ihre Mutter, nannte es nuttig.

Also wirklich! Ihre Mutter kapierte es einfach nicht.

Jade hatte sich die allergrößte Mühe gegeben, ihrer Mutter das System zu erklären. »Es ist alles nur Spaß. Wir reden miteinander. Es ist eine Art Spiel. Es gibt Regeln, was erlaubt ist und was nicht. Es gibt jemanden, der überwacht, was geschieht, und schau her, Regelverstöße kann man ganz leicht melden. Und man darf nicht mitmachen, wenn man kein Profil mit Foto eingestellt hat.«

»Manche Fotos sind ganz schön sexy!«, hatte ihre Mutter entsetzt ausgerufen.

»Nur ein paar«, verbesserte Jade sie. »Und ich zeige doch kaum nackte Haut.«

Mit dieser Bemerkung war Jade insgeheim sehr zufrieden gewesen. Es gefiel ihr, so rüberzukommen.

»Na, das fehlte noch. Meine Güte, die ganze Welt kann zuschauen!«

»Ja, und?«

Ihre Mutter hatte sie mit einem Ich-begreife-dich-nicht-Blick angeschaut.

»Nacktfotos sind sogar verboten«, sagte Jade.

»Ich finde sie sehr schön, die Fotos«, merkte ihr Vater an.

»Ja, sicher, das sind sie auch!«, hatte ihre Mutter zögernd zugegeben. »Aber …«

Jade hatte ihnen die Seiten mit Infos für Eltern gezeigt. Vor allem die Abschnitte über personenbezogene Daten und Sicherheit hatte ihre Mutter aufmerksam gelesen.

»Nun komm, Leonne«, hatte ihr Vater dann gesagt. »Jade geht hiermit wirklich vernünftig um!«

»Also gut, dann viel Erfolg.«

Und damit war die Diskussion beendet.

3

Am Mittwochabend war Jade mit ihren Freundinnen bei Malini zu Hause verabredet. Sacha war von ihrem Vater zurück, und Lian wollte etwas später kommen, wenn sie mit Arbeiten fertig war. Malinis Eltern waren nicht zu Hause, und sie hatten es sich mit Tee und einer Keksdose auf dem Wohnzimmersofa gemütlich gemacht. Als Erstes hatten sie *GZSZ* angeschaut.

»Erzählt, erzählt, erzählt«, sagte Sacha, kaum dass der Abspann von *GZSZ* vorbei war. »Wie kommt ihr jetzt wirklich zu diesen tollen Fotos?«

Jade zeigte auf Malini. »Malini hat sie wirklich selber gemacht.«

»Das glaube ich nicht«, sagte Sacha.

Es fiel nie so richtig auf, aber Jade hatte das Gefühl, dass Malini errötete.

»Vielen Dank für das Kompliment«, sagte sie.

Sacha sah sie ungläubig an. »Sie sind richtig gut!« Sacha pustete sich mit vorgeschobener Unterlippe eine braune Haarsträhne aus der Stirn. Sacha machte das sehr oft, und es sah immer sehr lustig aus.

»Es hat Spaß gemacht, oder, Jade?«, sagte Malini. »Wir machen das noch mal mit euch zusammen.«

»Gerne! So ein Foto von mir will ich auch haben. Zeigt ihr uns noch die restlichen? Ihr habt doch eine ganze Serie gemacht, und auch sexy Fotos, oder?«

»Gleich«, sagte Malini. »Wenn Lian auch da ist.«

Sacha beugte sich zur Keksdose vor. Ihre Hände verharrten eine Weile darüber. Dann zog sie sie zurück. »Lieber nicht!«, murmelte sie.

»Nimm doch«, ermunterte Malini sie.

Sacha blickte sie an und beugte sich wieder vor. »Einen vielleicht.« Sie nahm drei.

Jade lachte. »Du kannst nicht zählen!«

Sacha sah auf ihre Hand mit den Keksen und seufzte. »Wie macht ihr das bloß?«

»Was?«, fragte Malini unschuldig.

Sacha nahm eins der Kissen, die auf dem Sofa lagen, und warf es nach Malini. Jedenfalls war dies ihre Absicht, denn statt Malini zu treffen, landete das Kissen zu früh und riss ein volles Glas Tee vom Tisch.

»Shit!« Sacha sprang auf. »Sorry, das wollte ich nicht.«

»Macht nichts«, sagte Malini und verschwand in die Küche, um ein Tuch zu holen.

Sachas Gewicht war ein sensibler Punkt, wusste Jade.

»Es ist wirklich alles ungerecht verteilt in der Welt«, sagte sie tröstend.

Als Malini und Sacha dabei waren, den Tee aufzuwischen, klingelte es.

»Das wird wohl Lian sein.« Jade stand auf, um die Tür zu öffnen. »Endlich fertig mit Arbeiten?«, begrüßte sie Lian.

Die lachte, dass sich ihre Augen zu schmalen Schlitzen formten. »Ist schon okay. Ich verdiene ja dabei.«

Im Zimmer wurde sie von den beiden anderen begrüßt. »Ach, Lian – du lebst noch!«, rief Sacha. »Wir haben dich seit einer Ewigkeit nicht mehr gesehen!«

Malini zog einen Schmollmund. »Das stimmt! Ich fühle mich vernachlässigt!«

Aber sie wussten alle drei, dass Lian nichts dagegen tun konnte, im chinesischen Lokal ihrer Eltern zu helfen. Und dabei verdiente sie nicht einmal gut, wie Lian Jade einmal anvertraut hatte. »Ich habe diese Woche auch viel trainiert«, sagte Lian noch.

»In den Ferien ...«, sagte Sacha und pustete sich die Haare aus dem Gesicht. »Was dir so Spaß macht!«

Lian grinste. »Das war Sondertraining. Für die Aufführungen. Die sind schon nächsten Monat.«

Fanatikerin! Jade betrachtete Lians durchtrainierten Körper. War sie schon wieder athletischer geworden? Lian ging in die Zirkusschule. Sie trainierte sehr oft. Sie hatte Talent. Sie konnte die verrücktesten Dinge: jonglieren, während sie auf einem großen Ball lief, auf einem Seil balancieren, ohne herunterzufallen, und dabei zwischendurch noch allerlei Dinge auffangen und werfen, Einrad fahren. Aber sie war vor allem gut in Akrobatik.

Eines Tages gehe ich hier weg, sagte sie immer, ich will reisen und etwas von der Welt sehen. Vielleicht sogar mit einem echten Zirkus, fügte sie stets träumerisch hinzu.

Jade betrachtete ihre Freundinnen. Die eine so mitteleuropäisch, wie es nur ging, die anderen beiden asiatischer Herkunft, aber ausgesprochen unterschiedlich. Wo Malini schmal und groß war, war Lian klein und drahtig. Ein Muskelpaket eigentlich. Schon seit der siebten Klasse hingen sie zusammen.

»Der Tee ist alle«, sagte Malini. »Willst du was anderes trinken?«

»Wasser.«

Lian trank nie Limo, aber nicht wegen der Kalorien, denn Kekse futterte sie jede Menge. Sie tauschten sich über die Ereignisse der letzten Woche aus. Auch wenn sie miteinander telefoniert hatten, sich SMS geschickt und in MSN getroffen hatten, es musste alles noch mal live durchgekaut werden.

Sacha rief: »Jetzt die Fotos!«

Malini stand auf, um den Computer ihrer Eltern anzustellen. Die Kamera lag schon bereit. Sie schoben die Esszimmerstühle aneinander, und Lian und Sacha riefen beide: »Oh, wie schön, super, was für tolle Fotos! Ihr seht echt aus wie Models!«

»Und guckt euch das an!« Sacha pfiff durch die Zähne. »Hier bist du ja eine richtig heiße Braut!«

»Echt sexy!«, sagte auch Lian.

»Laut Malini bin ich da ein Vamp«, sagte Jade. »Eine verführerische Frau.«

»Ja«, sagte Malini. »So nennt meine Mutter das. Mir gefällt das Wort.«

»Ein Vamp?« Sacha legte die Stirn in Falten. »Wo habe ich das denn letztens nur gelesen? Wisst ihr, was ein V.A.M.P. ist? In Großbuchstaben?«

»Oh ja!«, rief Lian. »Das weiß ich!«

»Was bedeutet das?«, fragte Jade.

»Ein Video Audio MSN Perfectionist.«

»Ja«, ergänzte Lian. »Wenn du vor der Webcam posierst und weißt, wie du dabei am besten zur Geltung kommst.«

Das hatte Jade noch nie gehört. Sie lachte. »Witzig.«

»Und ich habe letztens im Internet Tipps gelesen, wie man das werden kann, ein V.A.M.P.«, fügte Sacha hinzu.

»Wo denn?«, wollte Malini wissen.

Sacha runzelte die Stirn. »Das weiß ich nicht mehr«, sagte sie. »Aber ich schau noch mal nach.«

Sie stellten den Computer aus und zappten sich jetzt durch die verschiedenen Musiksender.

»Wisst ihr, was mir immer wieder auffällt?«, sagte Sacha nach einer Weile. »Dass von Frauen viel öfter Haut zu sehen ist als von Männern.«

»Ja, schade, oder?«, sagte Malini.

»Ja!« Das fand Sacha auch.

»Stimmt das denn?«, überlegte Jade.

»Sieh doch hin«, sagte Lian, »sie bewegen sich auch viel offensiver.«

»Wie ein echter Vamp!«, warf Jade ein.

Sie lachten.

»Das ist doch der Sinn der Sache, oder?«, sagte Malini. »Sie soll gut aussehen und sich präsentieren. Sie soll ihn verführen. Was tun denn diese ganzen Tussis, die 50 Cent umringen, wenn er singt? Sie machen ihn an.«

Sacha stand auf und zeigte auf den Fernseher, wo eine Blondine mit den Hüften wackelte und mit streichelnden Bewegungen ihre Hände den Körper hinabgleiten ließ. Sacha machte sie nach. Auch Lian und Malini waren aufgesprungen, um ihre Körper zu verbiegen. Jade lachte.

Als sie wieder saßen, sagte Malini nachdenklich: »Anmachen und dann Sex haben.«

»Ja«, sagte Sacha, »darum geht es ziemlich oft in den Clips.«

»Den richtigen Sex sieht man dann leider nicht«, sagte Lian.

Sacha schüttelte den Kopf. »Manchmal schon, und auch in einigen Soaps.«

Malini lachte. »Sexy sein«, sagte sie wieder. »Das sieht man doch in all diesen Soaps? Das ist unsere Rolle.«

»Unsere?«, fragte Sacha mit einem bestimmten Unterton. »Also, ich weiß nicht.«

Jade warf ein: »Ich finde Frauen oft so ... so ... Wie nennt man das? Als ob sie einzig und allein für die Männer da sind. Hallo, hier bin ich! Nimm mich!«

»Das gefällt Männern, klar«, sagte Malini in wissendem Ton, »wenn Frauen ein bisschen untertänig sind.«

Sacha schnaubte. »Hilfe, als ob du davon Ahnung hättest.«

Malini griff nach der Fernbedienung. »Lasst uns mal eine Runde zappen, Mädels, gucken wir mal, ob wir ein bisschen Sex finden.« Sie klapperten die verschiedenen Kanäle ab. Es waren tatsächlich einige Sexszenen zu sehen.

»All diese Frauen, die Sex haben, sind jung und hübsch und knackig«, sagte Sacha, den Blick auf den Fernseher gerichtet. »Entspricht nicht ganz der Realität.«

Lian nickte. »Seht ihr das? Sie lernen sich kennen, und hops, gleich geht es zusammen in die Kiste.«

»Im wahren Leben ist das aber anders, viel romantischer«, sagte Sacha entschlossen.

Das konnte sie nicht aus eigener Erfahrung wissen, dachte Jade. Sie selbst übrigens auch nicht. Von ihrem Quartett hatte nur Malini Erfahrung mit Jungs.

»Ob die sich auch wirklich lieben?«, fragte Jade.

»Ach, Blödsinn, Mädels, darum geht es doch in Videoclips und diesen Filmen nicht!« Malini klang richtig empört.

»Worum denn dann?«, fragten Jade und Sacha gleichzeitig.

»Sex! Es geht um nichts als Sex!«

»Es sieht kompliziert aus«, sagte Lian plötzlich.

Darüber mussten die anderen drei sehr lachen.

»Davon können wir noch was lernen«, fand Malini.

Jade stöhnte. »Also bitte!«

»In der Realität geht es nicht nur um Sex«, sagte Sacha entschieden. »In der Wirklichkeit geht es durchaus um Liebe.«

Es wurde still. Sie sahen sich an.

»Ja«, sagte Jade vorsichtig. »In echt ist das anders. In der Realität läuft das mit den Beziehungen und der Liebe und so anders.«

»Okay«, lenkte Malini ein. »Ich schätze mal, dass du recht hast.«

»Aber wie läuft es denn?«, fragte Jade laut.

Niemand sagte etwas. Sie sahen sich an. Danach richteten sie ihre Blicke wieder auf den Fernseher.

»Lasst uns noch ein bisschen weiterzappen«, schlug Malini vor.

4

SuperSound: bist du das, edelstein?
Edelstein: yes
SuperSound: bist du es wirklich?
Edelstein: yes its me
SuperSound: hi
Edelstein: hi
SuperSound: ich hab deine fotos gesehen
Edelstein: ja
SuperSound: schöne fotos
Edelstein: danke
SuperSound: ich träume
Edelstein: wieso?
SuperSound: welcher tag ist heute?
Edelstein: donnerstag
Edelstein: wieso?
SuperSound: ich bin gerade nicht von dieser welt
SuperSound: ich bin verzaubert
SuperSound: ich wollte mit dir chatten
SuperSound: und jetzt bist du da
Edelstein: ja
SuperSound: du hast wirklich die schönsten fotos
Edelstein: bestimmt nicht
SuperSound: für mich schon
SuperSound: echt die schönsten fotos
SuperSound: bist du model?

Edelstein: nein
SuperSound: ach. sie sind atemberaubend
Edelstein: nee nee
SuperSound: hat die ein fotograf gemacht?
Edelstein: eine freundin
SuperSound: bist du es selbst?
Edelstein: türlich
SuperSound: echt?
SuperSound: und du bist kein model?
Edelstein: nein
SuperSound: du solltest eins sein
SuperSound: du könntest eins sein
Edelstein: vielen dank
SuperSound: was tust du dann?
Edelstein: ferien!!!
SuperSound: ja aber sonst
Edelstein: schule
SuperSound: machts spaß?
Edelstein: geht so. du?
SuperSound: auch schule
Edelstein: wie alt bist du?
SuperSound: 17. und du?
Edelstein: 15. wo ungefähr wohnst du?
SuperSound: bei amsterdam
Edelstein: gehst du gern zur schule?
SuperSound: nicht wirklich. das hier gefällt mir besser
SuperSound: dich treffen
SuperSound: mit dir reden
Edelstein: gefällt mir auch

SuperSound: und später? model?
Edelstein: nein, nein, vielleicht was mit alten menschen
SuperSound: toll
SuperSound: hast du viel geduld?
Edelstein: warum?
SuperSound: ich schätze die braucht man mit alten und langsamen menschen
Edelstein: meistens hab ich geduld
SuperSound: ich bin ungeduldig
Edelstein: ja?
SuperSound: ich war so ungeduldig, dich zu treffen
SuperSound: du hast eindruck auf mich gemacht
Edelstein: o
SuperSound: ja, du bist was besonderes
Edelstein: ?
Edelstein: warum?
SuperSound: ich fühl es. ich werde es beweisen
SuperSound: ich werde das alles noch entdecken
Edelstein: wie denn?
SuperSound: ich werde dich kennenlernen
SuperSound: ich geh mit dir auf entdeckungsreise
Edelstein: bitte?
SuperSound: wollen wir öfter chatten?
Edelstein: ja, aber jetzt muss ich weg
SuperSound: heute nachmittag wieder?
Edelstein: ok
SuperSound: kann es kaum erwarten
SuperSound: bye

Edelstein: hi
SuperSound: da bist du ja endlich
Edelstein: wieso?
SuperSound: hab den ganzen tag auf dich gewartet
Edelstein: o
Edelstein: wir waren doch verabredet
Edelstein: ich musste meiner mutter staubsaugen helfen
SuperSound: ich träume von dir
Edelstein: denk dran, es lesen alle mit
SuperSound: mir egal
SuperSound: was hast du gerade gemacht?
Edelstein: habe ich doch gesagt, staubsaugen, putzen
Edelstein: und ich war mit meiner mutter einkaufen
SuperSound: machst du das gerne?
Edelstein: ja, schon
SuperSound: was habt ihr gekauft?
Edelstein: so halt
Edelstein: was machst du?
SuperSound: mit einem netten Mädchen reden
Edelstein: ich meine, was du vorher gemacht hast
SuperSound: war am computer
SuperSound: hab Musik runtergeladen
Edelstein: welche hobbys hast du?
SuperSound: computer und musik
SuperSound: und du?
Edelstein: auch, und Fernsehen gucken
SuperSound: hey
Edelstein: was?

SuperSound: gleiche interessen
Edelstein: ja
SuperSound: welche musik gefällt dir?
Edelstein: top 40
SuperSound: was für ein zufall, mir auch
SuperSound: und es gibt was neues, das ich gern mache
Edelstein: was denn?
SuperSound: von kostbaren steinen träumen
Edelstein: hey, alle lesen mit
SuperSound: hast du schon gesagt
SuperSound: na und
SuperSound: alle dürfen es wissen
SuperSound: ich habe ein nettes mädchen kennengelernt
SuperSound: und ein hübsches noch dazu
Edelstein: hör auf
SuperSound: womit?
Edelstein: meine mutter ruft schon wieder
Edelstein: hat vielleicht was beim einkaufen vergessen
Edelstein: bin weg
SuperSound: wann bist du wieder online?
Edelstein: heute abend?
SuperSound: ich vermisse dich jetzt schon
Edelstein: cul

Es war überhaupt nicht wahr, ihre Mutter hatte gar nicht gerufen, aber Jade brauchte erst mal einen kleinen Timeout. Sie hatte jetzt zweimal für eine Weile mit SuperSound gechattet, und er überschüttete sie mit Komplimenten. Ihr wurde richtig heiß davon. Auf angenehme Weise! Sehr angenehme!

Jade ließ den Computer an, stand von ihrem Schreibtischstuhl auf und ließ sich mit einem Seufzer aufs Bett fallen.

Gleich darauf richtete sie sich wieder auf, machte Musik an und legte sich wieder hin, die Hände hinter dem Kopf. Wieder seufzte sie.

Wie er wohl wirklich hieß? Er war nur etwas älter als sie und wohnte nicht in der Nähe. Aber das tat nichts zur Sache, sie trafen sich ja doch nur im Chat. Er ging also auch zur Schule, in welcher Klasse er wohl war? Das hing davon ab, auf was für eine Schule er ging. Er konnte schon in der Berufsschule sein, wie ihr Bruder. Der war gerade erst achtzehn. Vielleicht machte er einen von den mittleren Abschlüssen, vielleicht war er aber auch auf dem Gymnasium. Er schrieb so schöne Worte. Wie war das noch? Ich will mit dir auf Entdeckungsreise gehen … Und mein Hobby ist, von kostbaren Steinen zu träumen. Ja, es war schon möglich, dass er auf dem Gymnasium war. Und dieser Junge interessierte sich für sie!

Jade seufzte ein weiteres Mal.

5

Die Schule hatte wieder begonnen. Jade hatte ziemlichen Horror davor gehabt, warum, wusste sie gar nicht genau, aber schon nach der zweiten Stunde war es, als ob es die Ferien nie gegeben hätte. Mit Sacha zusammen ging sie von Klassenzimmer zu Klassenzimmer. Malini und Lian, die beide einen anderen Zweig gewählt hatten, sahen sie nur in der Pause. Und nach der Schule, wenn sie noch eine Zeit lang auf dem Schulhof herumhingen. Und dann natürlich zu Hause, wenn sie alle in MSN waren.

Danach war dann wirklich Zeit, Hausaufgaben zu machen. Sie hatte ihre Tasche auf dem Bett ausgekippt und ihren Timer ausgiebig studiert, um sich zu erinnern, was sie in der kommenden Woche alles zu tun hatte. Shit! Da stand ja noch was: ein Buch für den Literaturkurs lesen! Freitag Zusammenfassung abliefern!

Jade stöhnte. Sie las eigentlich sehr gerne, aber eine Zusammenfassung zu schreiben war immer eine ziemliche Katastrophe. Das hätte sie natürlich vorige Woche während der Ferien machen müssen. Jetzt schaute sie erst mal, ob sie noch ein ungelesenes Buch herumliegen hatte, sonst musste sie auch noch in die Bücherei. Jade seufzte. Oder ob sie erst noch kurz ...

Sie zögerte nicht lange. Sie loggte sich in der Community ein und sah gleich, dass SuperSound online war. Yes!

Sie hatte ihren Freundinnen von SuperSound erzählt.

»Oh, diese romantische Seele«, hatte Sacha gleich gerufen.

Jade lachte. »Hast du seine Nachrichten gelesen?«

»Ich verfolge jeden Schritt von eurem Aufstieg in die top-50.«

»Ich doch nicht! Aber Malini kommt in die top-50.«

Nein, ich steige nicht auf, dachte Jade, ich schwebe. Sie lächelte. Sie chattete seit letzter Woche Donnerstag in jeder freien Minute mit SuperSound. Unglaublich!

Es war nicht gerade unbedeutend, wenn sich ein Junge für einen interessierte. Es war das erste Mal. Sie hatte so oft gehofft, dass es geschehen würde, sie träumte ständig davon! Sie sah, wie es um sie herum geschah: Jungen und Mädchen, die zusammenkamen, Pärchen, die sich küssten oder miteinander flirteten. Sie wollte das auch! In ihrer Fantasie hatte sie es sich schon oft vorgestellt, aber in echt brauchte man dafür doch irgendwie einen Jungen. Sie war zwar schon einmal verliebt gewesen. Aber Jop hatte das nie erfahren. Er war viel zu gut aussehend für sie! Er bemerkte sie nicht, er nahm sie nicht wahr, er hätte sie zurückgewiesen, wenn sie sich um ihn bemüht hätte. Also war sie heimlich verliebt gewesen und hatte still vor sich hin gelitten.

Und jetzt war sie völlig unerwartet jemandem begegnet, dem sie gefiel. Und er ihr natürlich auch. Sie fand, dass er etwas Besonderes war, seine Worte, seine Witze. Und wie einfach alles ging! Sie brauchte nicht verlegen zu sein, sie musste nicht unsicher sein. Sie redeten über all die normalen Dinge in ihrem Leben: Schule, Unterrichtsfächer, Hobbys, Lieblingsessen, Lieblingsfernsehsendungen, Eltern,

Geschwister, ihre Ferien, ihre Träume. Aber sie führte auch ganz besondere Gespräche.

»Hallo, Mädchen meiner Träume, bist du da? Lebst du in den Wolken, oder scheint die Sonne dort bei dir?«

Dann lächelte Jade. Was für ein außergewöhnlicher Junge er doch war! Natürlich war sie in den Wolken!

»Was will man mehr, wenn man jemanden trifft, der so nett ist?«, schrieb sie zurück. Es war das erste Kompliment, das sie ihm machte. Es fühlte sich noch etwas ungewohnt an.

»Sprichst du von mir? Ich bin nur ein ganz normaler Junge. Du inspirierst mich. Du lässt mich das alles sagen.«

»Ich bin auch nur ganz normal«, antwortete Jade.

»Glaube ich nicht. Dein Foto. Dieser unbezahlbare Blick in deinen Augen. Das alles spricht eine andere Sprache. Es ist schön, mit dir zu sprechen.«

SuperSound sagte das immer. Machte ständig Komplimente. Aber es gab immer wieder ein paar Scherzkekse, die sich in ihre Gespräche einmischten, sodass sie von flachen Kommentaren unterbrochen wurden.

Darum überraschte es Jade nicht, dass SuperSound irgendwann fragte: »Lieber Edelstein, ich habe das Bedürfnis nach ein bisschen Privacy. Können wir uns nicht privat unterhalten, in MSN?«

Jade zögerte nicht. SuperSound war okay. SuperSound war nett. Sie wollte weiter mit ihm chatten. Sie tauschten E-Mail-Adressen aus, und Jade fügte ihn an MSN hinzu.

»Klasse, jetzt kann keiner mehr mitlesen«, tippte sie.

»Edler Stein, wie schön, dass ich dich jetzt ganz für mich habe. Du funkelst, du bist eine Wohltat für die Augen.«

»Du bringst mich zum Funkeln«, wagte Jade zurückzuschreiben.

»Edelstein, wie ist dein richtiger Name? Darf ich den jetzt wissen?«

»Edelstein ist schon fast mein richtiger Name ...« Jades Finger blieben über der Tastatur hängen. Ihr schossen blitzartig eine Reihe von Gedanken durch den Kopf. Er hatte jetzt ihre E-Mail-Adresse, und dann noch ihren Namen? Vielleicht war er ja gar nicht der, der er zu sein behauptete. Das war möglich. Er konnte irgendjemand anders sein.

Jade rümpfte die Nase. So what? Änderte das etwas? Spielte es eine Rolle, wer er war? War es nicht wichtiger, was zwischen ihnen ablief?

Sie gab ihm schließlich nicht ihre Adresse, sie verabredete sich nicht mit ihm. Sie gab ihm nur einen Namen. Sie hielt sich schlicht an die Regeln. Denn wer sagte denn, dass Jade ihr echter Name war? Und wenn er ihr gleich seinen Namen nannte, konnte er in Wirklichkeit genauso Jesse oder Arnaud heißen oder John oder Ahmed.

Was er alles sagte ... So was dachte man sich doch nicht aus?

Da mussten echte Gefühle im Spiel sein. Und warum sollte er nicht ehrlich sein? Warum sollte man so etwas faken? Nein, er war ehrlich. Er war romantisch. Er war ... super!

Ob sie sich einen neuen Spitznamen ausdenken sollte? Nein, sie wollte dies als sie selbst erleben. Sie schrieb ihm ihren Namen und wartete ab.

Seine Antwort kam schnell. »Jade, du bist genauso schön wie dein Name, begehrenswert wie ein Edelstein.«

Er kannte die Bedeutung ihres Namens! Wie schön! Na also! Das alles konnte nicht falsch sein. Jade dachte noch über eine passende Reaktion nach, als ihr Computer schon wieder anzeigte, dass er etwas Neues geschrieben hatte.

»Kostbar und schön von Form«, stand auf dem Bildschirm zu lesen. »Hast du auch grüne Augen?«

»Nein, blaue. Und wie heißt du?«

»SuperSound heißt Yoram.«

»Auch ein schöner Name.«

Es war angenehm, so ungestört chatten zu können. Die Zeit verging schnell. Zu schnell.

»Du, Yoram, ich muss noch lernen«, schrieb Jade gegen ihren Willen. »Ich muss aufhören. Aber wir sind durch die unsichtbaren Drähte in der Luft verbunden. BBN.«

So, sie konnte das auch! Aber er war der Champion. Jade kaufte ein schönes grünes Notizbuch und schrieb darin all seine Komplimente auf.

»Kostbarer Stein, wie schön du bist.«

»Schönes Mädchen, du bist eine Zierde für meinen Computer.«

»Du bist ein wahres Kunstwerk. Vom mir bekommst du den ersten Preis.«

In dieser Woche kam sie abends immer erst spät zu ihren Hausaufgaben. Und ihre Zusammenfassung musste sie auch noch schreiben. Die suchte sie sich zum Großteil im Internet zusammen. Den Rest rotzte sie hin. Wenn sie dann endlich im Bett lag, war es oft schon zwölf Uhr. Aber schlafen konnte sie nicht, Yoram brachte ihr Blut in Wallung, und es brodelte vor sich hin.

6

Als Jade am Samstagnachmittag ihren Computer anstellte, überfiel sie ein Gedanke: Sie war schon eine ganze Weile nicht mehr bei ihrer Oma gewesen. Sie hatte Hetty schrecklich vernachlässigt! Ein heftiges Schuldgefühl stieg in ihr auf, darum klickte Jade gleich wieder auf »Ausschalten«, rannte die Treppe herunter und sprang auf ihr Fahrrad.

Sie brauchte nicht weit zu fahren. Ihre Oma wohnte nur ein paar Straßen von ihnen entfernt, am Rande des Zentrums, in der Nähe des Parks. Ihre Wohnung lag in der vierten Etage des neuen Apartmentkomplexes, der dort vor ein paar Jahren gebaut worden war. Hier hatte sie alles auf einer Ebene und einen Fahrstuhl. Ziemlich praktisch für später, sagte sie immer. Denn jetzt war sie noch nicht darauf angewiesen. Hetty war jung, fit und modern für eine Oma.

Sie arbeitete auch noch. Und sie war mit ehrenamtlicher Tätigkeit und ihren vielen Kursen sehr eingespannt, weshalb es auch immer wieder vorkam, dass Jade vor verschlossenen Türen stand. Was allerdings nicht schlimm war, sie wechselte dann ein paar Worte mit den Leuten, die sie traf, und ging wieder nach Hause.

Aber heute war Hetty da. Als Jade angeradelt kam, sah sie, dass ihre Oma auf dem Balkon mit ihren Pflanzen beschäftigt war. Das ist eine typische Oma-Beschäftigung, dachte Jade grinsend. Sie ließ ihre Fahrradklingel ertönen und winkte.

Jade schloss ihr Fahrrad ab und betrat den Wohnblock. Sie nahm die Treppe nach oben. Hettys Wohnungstür war schon einen Spalt geöffnet.

»Hallo!«, rief Jade und betrat den Flur.

Mit schwarzen Händen von der Blumenerde kam Oma angelaufen. Sie begrüßten sich mit drei Küssen, wobei Hetty ihre Hände in die Luft gestreckt hielt.

Jade sagte schnell: »Ich war nicht krank, ich war nicht depressiv, ich war mit anderen Dingen beschäftigt.«

Hetty lachte. »Ach, Mädchen, auch wenn du einen Monat lang nicht kommen würdest – ich sitze nicht hier rum und warte auf dich.«

Jade zog ein Gesicht, als ob sie darüber enttäuscht wäre.

»Aber ich finde es schön, dass du da bist«, beruhigte ihre Oma sie. »Ich bin fast fertig mit den Blumen. Ich bringe das gerade noch zu Ende, dann koche ich Tee.«

Jade ging mit auf den Balkon, wo ein letzter Topf Veilchen darauf wartete, in die Blumenkästen umzuziehen. Sie genoss für einen Moment die Aussicht über die Stadt und die blühenden Kastanien im Park. Wie schön ihre Oma doch wohnte!

»Ich setze dann mal Tee auf«, sagte sie schließlich.

Eine Viertelstunde später machten sie es sich bei Tee und Schokokeksen gemütlich.

»So, du hast also viel zu tun?«, fragte Hetty.

Jade hatte gerade den Mund voll, also nickte sie nur. Gleichzeitig fühlte sie, wie ihr das Blut ins Gesicht schoss.

Vor Oma konnte sie nichts geheim halten, die kannte sie besser als ihre eigene Mutter.

»Aber das hat nichts mit der Schule oder deinem Babysitterjob zu tun?«

Schon war sie durchschaut! Auch wenn die Frage vollkommen logisch war, denn in den Ferien war sie nur ein einziges Mal hier gewesen, an einem verregneten Tag, um sich unterzustellen.

»Ich habe mit Malini zusammen mein Profil im Internet eingestellt. Bei einer Community. Da kann man miteinander chatten und sich gegenseitig bewerten und so weiter. Da bin ich während der Ferien und letzte Woche die ganze Zeit drin gewesen. Und da habe ich einen Jungen kennengelernt, mit dem ich jetzt ständig Kontakt habe.«

»Moment, nicht so schnell!«

Jade sah schon am Gesichtsausdruck ihrer Oma, dass sie es nicht verstanden hatte.

»Das musst du mir genauer erklären«, sagte sie dann auch.

Jade sprang auf. »Ich zeige es dir schnell. Das ist einfacher.«

Hetty hielt sie auf. »Gerne, aber warte kurz, ich möchte meinen Tee heiß trinken.«

»Okay.« Jade griff nach ihrer eigenen Tasse und blies hinein.

»Läuft es in der Schule immer noch gut?«, fragte ihre Oma in der Zwischenzeit.

Nur Geschichte fand sie schwierig, erzählte Jade, der Rest ging eigentlich.

Als der Tee ausgetrunken war, gingen sie an den Computer. Jade war eigentlich ziemlich stolz auf ihre Oma. Sie hatte nicht nur einen Computer im Haus, sie konnte auch damit umgehen, seit sie letztes Jahr einen Kurs gemacht hatte. Aber ihre Kenntnisse reichten nicht so weit, dass sie genau wusste, was Chatten war.

Während Jade den Computer hochfahren ließ, erzählte sie von den Fotos, die Malini und sie gemacht hatten. Danach loggte sie sich in der Community ein. Sie erklärte, was man dort alles tun konnte, und zeigte stolz die Fotos.

Hetty rief nicht, wie Jades Mutter, dass sie es nuttig fand oder so. Sie war irgendwie viel diplomatischer, dachte Jade. Ihrer Oma gefielen die Fotos einfach. Aber sie sagte auch: »Wenn ich das also richtig verstehe, besucht ihr euch gegenseitig, auf so einer Site, ihr redet miteinander und sagt, was ihr voneinander haltet. Und das Ganze nicht in echt. Ihr kennt euch nicht.«

»Nein, aber das ist auch nicht nötig«, sagte Jade.

»Nicht?« Hetty zog fragend die Augenbrauen hoch.

»Nein! Wir machen sehr viel übers Internet, das ist heute gang und gäbe.«

»Was gefällt dir daran?«

»Na ja, du findest leicht Freunde, und du hast immer jemanden, mit dem du reden kannst. Du brauchst eigentlich nicht mehr einsam zu sein. Ich habe hundertfünfzig Kontakte!«

Hettys Augen weiteten sich vor Erstaunen. »Wie viele?«

»Ich kann, wenn ich will, mit hundertfünfzig Menschen reden.«

»Gleichzeitig?«

»Nein, natürlich nicht. Und durch so eine Community ...«, Jade zeigte auf den Bildschirm, »kann ich mit noch mehr Leuten in Kontakt kommen.«

»Wie kommst du zu all diesen Kontaktpersonen?«

»Oh, das sind meine Freundinnen und deren Freundinnen, meine Klassenkameraden und wiederum Freunde von denen. Das geht ganz schnell.«

»Aber du kennst sie nicht alle.« Hetty sprach die Worte langsam aus, als ob sie darüber nachdenken musste.

»Nein«, sagte Jade und klickte mit der Maus. »Guck, das ist das Profil von Malini.«

»Ein hübsches Mädchen.« Ihre Oma war beeindruckt, stellte Jade fest. Immer waren alle von Malini beeindruckt. Früher war sie stolz darauf gewesen. Stolz auf ihre Freundin, stolz, dass sie mit so einem hübschen Mädchen befreundet war.

»Du kennst Malini doch?«, fragte Jade.

»Ja, sicher, aber es ist schon wieder eine Weile her, dass ich sie zum letzten Mal gesehen habe. Sie wirkt hier so ...« Hetty suchte nach Worten.

»Wie?«

»Erwachsen ... Kein Mädchen mehr, sie ist eine junge Frau.«

Jade lachte. »Das sind wir doch alle.«

»Ja. Aber dieser Blick in ihren Augen. So herausfordernd.« Ihre Oma hielt den Kopf schief und rieb sich kurz mit dem rechten Zeigefinger über die Schläfe. »Das finden anscheinend noch mehr Leute. Sie hat viele Punkte!«, fuhr sie fort.

Ihre Oma hatte es schnell durchschaut! Jade fühlte, wie sich ihr der Hals zuschnürte. Es schien plötzlich etwas Spitzes im Weg zu sein, eine Art Kastanie mit Schale, und sie schluckte und schluckte. Es stach gemein, aber sie bekam es nicht weg.

Hetty sah sie mit prüfendem Blick von der Seite an. Sie legte Jade eine Hand auf die Schulter.

»Du bist doch nicht neidisch?«

Jade bekam kein Wort heraus, also nickte sie kurz. Zu allem Überfluss rollte eine Träne aus ihrem linken Augenwinkel. He, was war das denn, sie hatte ja überhaupt keine Kontrolle mehr über sich selbst.

Jetzt legte ihr ihre Oma eine Hand in den Nacken. »Du weißt doch bestimmt, dass jeder seine Qualitäten hat. Der eine hat dies, der andere kann das.«

»Weiß ich schon.« Jade presste die Worte an der Kastanie vorbei.

Danach wischte sie sich schnell über die Wange. »Und ich hab etwas anderes Schönes.« Jade räusperte sich. Die Kastanie wurde weich und löste sich auf, als sie von Yoram erzählte. Sie zeigte sein Profil mit den Fotosplittern in der Community.

»Du hast den Jungen auf dieser Website kennengelernt, und jetzt redet ihr mithilfe des Computers miteinander.«

Jade merkte, dass ihre Oma ihr Bestes tat, um ihr zu folgen. Dann stand sie auf und holte frischen Tee.

Unterdessen richtete Jade MSN auf dem Computer ein.

»Soll ich dir zeigen, wie MSN funktioniert?«, fragte Jade, als Hetty wiederkam.

»Hab ich das denn auf meinem Computer?« Sie war völlig überrascht.

»Du hast die neueste Windows-Version auf deinem

47

Computer, und dann kann man es installieren.«

Jade hatte sich selbst als Kontaktperson angemeldet. »Du kannst jetzt mit mir reden«, witzelte sie.

»Ich rede schon mit dir«, sagte Hetty. »Ich tu das lieber von Mensch zu Mensch.«

»Soll ich es dir beibringen?«, fragte Jade wieder. »Dann kannst du sehen, wann ich online bin, und wir können auch chatten. Dann brauchst du nicht mehr zu warten, bis ich vorbeikomme.« Die Idee begeisterte sie. »Praktisch, oder?«

Aber ihre Oma schüttelte den Kopf. »Nein, mir ist es lieber, wenn du persönlich vorbeikommst. Da warte ich lieber einen Monat.«

»Es waren zwei Wochen!«, protestierte Jade.

»Ich finde es großartig, eine Enkelin zu haben, die mich auf dem Laufenden hält«, sagte Oma seufzend. »Aber ich möchte nur echten Kontakt mit dir, Schatz.«

7

SuperSound: hi
Edelstein: hi
Edelstein: danke für deine e-cards
SuperSound: extra für das schönste mädchen
Edelstein: es gibt viel schönere mädchen
SuperSound: nicht für mich
SuperSound: wie lief dein geschichtstest?
Edelstein: ziemlich schwierig
SuperSound: hats hingehauen?
Edelstein: weiß nicht
Edelstein: ich kann mir das alles nie merken
Edelstein: interessiert mich auch nicht so
SuperSound: es hat bestimmt gereicht
Edelstein: du erzählst nie von klassenarbeiten oder noten
SuperSound: habe ich aber auch
Edelstein: musst du viel tun?
SuperSound: du?
Edelstein: geht schon
SuperSound: so do I
Edelstein: du bist immer online
SuperSound: ich warte immer auf dich
Edelstein: musst du nie lernen?
SuperSound: mach ich zwischendurch
SuperSound: ich kann mehrere dinge gleichzeitig

Edelstein: das würde ich auch gerne können
SuperSound: eine sache der übung
Edelstein: tatsächlich?
SuperSound: du hast heilende kräfte
Edelstein: häh?
SuperSound: weißt du das eigentlich?
Edelstein: was?
Edelstein: ich kapier nicht
SuperSound: jade
SuperSound: ich meine deinen namen
SuperSound: weißt du, wo dein name herkommt?
Edelstein: jade ist ein edelstein
SuperSound: jade kommt von dem spanischen piedra de ijada
SuperSound: das bedeutet lendenstein
SuperSound: der stein hat heilende kräfte
Edelstein: ja?
SuperSound: kann schmerz in der lende lindern
SuperSound: hilft aber auch bei nierenleiden
SuperSound: und gegen rheuma
SuperSound: und jade gibt auch mut
Edelstein: woher weißt du das?
SuperSound: hab gegoogelt
SuperSound: in jade ist eisen. daher die grüne farbe
Edelstein: wusste ich gar nicht
SuperSound: china ist das jadeland
Edelstein: ich habe eine chinesische freundin
SuperSound: jade war das symbol der macht des königs

SuperSound: später war jade symbol für macht und reichtum
Edelstein: haha
SuperSound: ehrlich
Edelstein: ich und macht
SuperSound: doch
Edelstein: und schon gar kein reichtum
Edelstein: hätte ich aber gern
SuperSound: du hättest es dir verdient, jade
SuperSound: du hast eine art macht über mich
Edelstein: bitte?
SuperSound: du hast mich mit deinen schönen augen verzaubert
Edelstein: die übrigens blau sind
SuperSound: schöner blick
SuperSound: grüner schmuck, ich seh dich die ganze zeit an
Edelstein: häh?
SuperSound: mein computer ist den ganzen tag an
SuperSound: mit deinem foto bildschirmgroß
SuperSound: mit deinem foto bildschön
Edelstein: musst du nicht zur schule?
SuperSound: ja aber danach
SuperSound: und dann seh ich dich an
SuperSound: hast du nicht noch mehr fotos?
SuperSound: andere als die in der community?
Edelstein: ja schon
SuperSound: bitte
Edelstein: was?
SuperSound: darf ich noch eins haben?

Edelstein: warum?
SuperSound: warum fragst du warum?
SuperSound: kann ich noch länger von dir träumen
SuperSound: mineralchen, weißt du wie prächtig deine formen sind?
Edelstein: was?
SuperSound: minerale sind edelsteine
Edelstein: aha
SuperSound: mineralchen, minne-ralchen
Edelstein: häh?
SuperSound: weißt du, was minnen bedeutet?
Edelstein: nein
SuperSound: lieben
Edelstein: ?
SuperSound: ich sehe mit meinen augen
SuperSound: was ich sehe finde ich schön
SuperSound: und aufregend
SuperSound: von prächtiger form
SuperSound: ich spüre deinen wohlgeformten konturen nach
SuperSound: es gibt nur einen platz für dich: du musst als schmuck durch das leben gehen
Edelstein: sehr witzig
SuperSound: ein ring mit jade, nein, um meinen hals. ich trage dich auf meiner brust
SuperSound: dann kann ich dich jederzeit berühren
Edelstein: dann bin ich nah bei dir
SuperSound: ich lege heimlich meine hände um deine formen
Edelstein: mmmm

SuperSound: schöne formen
SuperSound: du bist gemacht, um bewundert und berührt zu werden
Edelstein: ?
SuperSound: mit noch einem foto wärst du mir noch näher
SuperSound: dann kann ich mir besser vorstellen, wie du bist
SuperSound: anziehend, faszinierend, beeindruckend, kostbar. das bist du
Edelstein: du denkst viel zu positiv über mich
SuperSound: warum bist du so unsicher?
Edelstein: ich finde mich nicht so hübsch
SuperSound: überlass das mal mir
SuperSound: schick mir die beweise
Edelstein: was?
SuperSound: mehr fotos
Edelstein: ah
SuperSound: tust du es?
Edelstein: okeee
SuperSound: super!!
Edelstein: krieg ich dann auch fotos von dir?
SuperSound: gut
Edelstein: schön
Edelstein: ich will dich auch anschauen können
SuperSound: türlich
SuperSound: bye bye now
Edelstein: cul

8

Jade verschickte die verführerischsten Fotos, die sie hatte. Insgesamt drei. Und nachdem sie Yorams begeisterte Reaktion erhalten hatte, noch ein paar. Da war jemand, der sie ansehen wollte, da war jemand, der sie schön fand.

Einen Tag später bekam sie die versprochenen Fotos von Yoram. Er war dieses Mal nicht online, sie kamen per E-Mail. Jade hielt den Atem an, als sie mit ihrer Maus den jpg-Anhang öffnete. Es fühlte sich an, als hätte sie ein Geschenk bekommen, das sie jetzt aufgeregt auspackte. Wenn er bloß nicht grottenhässlich war ... Allein die Vorstellung ...

Der Bildschirm war bald mit dem lachenden Gesicht eines Jungen ausgefüllt, der direkt in die Kamera blickte. Er schien tatsächlich etwa siebzehn zu sein, vielleicht schon achtzehn. Er war also etwas älter als sie. Er hatte prächtige, regelmäßige Zähne, das war sehr auffallend. Weiter hatte er ein schmales Gesicht mit einer schönen, geraden Nase und etwas zu langes, verwuscheltes Haar, das ihm auf die Schultern und in die Stirn fiel. Seine braunen Augen und das Grübchen in seiner Wange machten ihn sehr sympathisch. Aber er war mehr als das: Er war gut aussehend!

Und er stand auf sie!

Jade starrte eine Zeit lang auf sein Foto. Sie merkte selbst, dass sie viel zu hektisch atmete. Nachdem sie ein paarmal tief ein- und ausgeatmet hatte, öffnete sie das zweite Foto.

Auf diesem war er ganz zu sehen, er saß in einem Segelboot. Braun gebrannt, die Sonne in den Augen. Lange Hose und Turnschuhe, aber ein ärmelloses Shirt, das um die Brust herum spannte und seine muskulösen Arme zeigte. War er ein Segler? Das würde sie ihn beim nächsten Mal fragen. Er sah aus wie ein Junge aus der Oberstufe. Ihr Blick glitt liebkosend über das Bild, während ihr Atem wieder schneller wurde. Dann holte sie wieder das vorige Foto heran und klickte ein paarmal hin und her. Sie brannte sich Pixel für Pixel ins Gedächtnis.

War er das wirklich? Er könnte es faken. Er könnte Fotos von jemand anderem schicken. Fotos vom Nachbarjungen, von einem Klassenkameraden oder von irgendjemandem, dessen Bild er im Internet gefunden hatte. Es gab überall so viele Fotos. Aber warum sollte er das tun? Jemand, der so schöne Worte benutzte, konnte niemand anders sein. Das Foto passte zu dem, was er schrieb. Sie hatte sich doch auch nicht als jemand anderes ausgegeben? Sie hatte sich lediglich etwas schöner gemacht mit Make-up und ein bisschen Bildbearbeitung.

Sie wollte gern glauben, dass er so aussah. Cool! Und dieser Junge hatte all die schönen Dinge über sie gesagt!

Auf einmal ärgerte es sie schrecklich, dass sie die Chats nicht speichern konnte. Sie hätte sie auch gern in das grüne Heft übertragen. Klar, Bruchstücke davon hatte sie noch im Kopf, aber sie hätte gerne mehr davon festgehalten. Beim nächsten Mal würde sie erst ein bisschen was abschreiben, bevor sie MSN beendete.

Sie druckte das Foto aus und nahm sich vor, einen richtigen Abzug davon machen zu lassen. Dann loggte sie sich in der Community ein. Sie verglich neugierig die Fotosplitter, die dort zu sehen waren, mit den Fotos, die sie jetzt bekommen hatte. Die Augen waren braun, die Haare sahen ähnlich aus. Aber sicher konnte sie es nicht sagen, dafür waren die Fotos in der Community zu zerschnitten. Jade grinste. Es passte zu Yoram, überlegte sie, sich in der Community so zu präsentieren. Er sah klug aus. Sie wollte ihn schon die ganze Zeit fragen, auf welcher Schule er war. Vielleicht doch auf dem Gymnasium?

Aber Moment mal, war es wirklich nicht möglich, zu speichern, was man in MSN schrieb? Sie untersuchte die Symbolleiste von MSN. Über »Extras« und »Optionen« kam sie zu »Nachrichten«, und hier konnte man allerlei anklicken. Hier konnte sie die Einstellungen für ihre Nachrichten verändern. Ja, tatsächlich: Es gab eine Option »Gespräche automatisch in der Ablage speichern«.

Super! Von jetzt an konnte sie all seine Worte speichern und noch einmal lesen!

Jade wollte sich sofort bei ihm bedanken und schickte ihm eine kurze E-Mail. Unruhig wartete sie darauf, dass er sich meldete. Was sollte sie in der Zwischenzeit tun? Lernen? Nein, dafür hatte sie jetzt gar keinen Kopf! Sie blieb natürlich online, blätterte aber auf ihrem Bett in alten Zeitschriften. Immer wenn jemand online ging, sprang sie auf. Endlich war er es! Mit zitternden Fingern und Kribbeln im Bauch tippte Jade eine Antwort. Jetzt konnte sie sagen, dass sie auf ihn gewartet hatte. Dass sie sich über die Fotos gefreut hatte, dass ihr die Fotos sehr gefielen. Sie traute sich sogar, ihm zu sagen, dass sie ihn schön fand. Er bestätigte, dass er aufs Gymnasium ging und gerne segelte. Er benutzte ein paar typische Ausdrücke, aus denen sie schloss, dass er etwas davon verstand. Aber er hatte kein eigenes Boot, das gehörte einem Freund. Und da, wo er wohnte, gab es kein Gewässer, sie mussten erst eine halbe Stunde fahren.

Hatte er denn ein Auto?, fragte Jade erstaunt.

Der Freund hatte ein Auto, war die Antwort. Dann fragte er, ob es bei ihr in der Gegend Wasser gab. Fuhr sie gerne Boot? Oder schwamm sie gerne? Gab es Bademöglichkeiten in ihrer Nähe? Ah, ein Naturbad. Ein Waldbad? Wohnte sie denn am Wald? Ah, in Waldnähe, aber trotzdem in der Stadt. Welche? He, was für ein Zufall, da wohnte sein Cousin auch. Da war er als Junge oft zu Besuch gewesen, sie waren gleich alt. Nein, jetzt kam er nicht mehr dorthin, aber sein Cousin wohnte noch dort: am Ring.

Nein, das war aber wirklich ein Zufall, sie wohnte nur zwei Straßen davon entfernt!, schrieb Jade zurück. Schöne Häuser gab es dort!

Ja, sie haben ziemlich viel Geld, berichtete Yoram.

Sie unterhielten sich eine Stunde lang, und danach konnte Jade kontrollieren, ob ihr Gespräch wirklich gespeichert war. Ja! Tatsächlich, da konnte sie alles noch mal nachlesen. Neue schöne Sätze, die sie jetzt in ihr grünes Notizbuch übertragen konnte:

»Je seltener, desto kostbarer – du bist ein Gewinn für mein Leben.«

»Ich kann mir nicht mehr vorstellen, wie es ohne dich war, liebste Jade.«

»Deine Ausstrahlung steigt aus dem Foto heraus, mein Computer scheint lebendig zu werden, in meinem Zimmer ist alles um dein Foto herum gruppiert.«

»Lieber Edelstein, ich denke an deinen Körper, darf ich das? Wenn du nicht willst, dass ich das schreibe, dann schick mir ein ?.«

»Köstlicher Stein, ich koste dich. Ich lecke heimlich an deiner Hülle, gebe dir einen Kuss auf die runden Formen, meine Zunge gleitet vorsichtig über deine glatte Haut. Bist du eigentlich kitzelig?«

Erlebte sie das wirklich? Es kam ihr unwirklich vor. Aber sie konnte jetzt alles noch einmal lesen! Das Heft und die Fotos nahm sie von nun an überallhin mit.

Jade speicherte auch alles in ihrer »Ablage« im Kopf ab, die sie regelmäßig öffnete, wenn sie in der Schule war. So überstand sie langweilige Unterrichtsstunden. Dann saß sie etwa im Fachraum für Geschichte, wo sie ihren Platz an der rechten Seite hatte, den Rücken zur Wand und den Blick nach innen gerichtet, und fantasierte darüber, wie es mit Yoram weitergehen könnte.

Vielleicht kam sie zum Beispiel heute Mittag aus der Schule, den Rucksack auf dem Rücken, die Stöpsel ihres Mp-3-Players in den Ohren, die Jacke locker um die Hüften gebunden. Der Sommer steckte ihr schon in den Kleidern: nackte Beine, ein weiter Ausschnitt. Noch auf dem Schulhof würde sie auf ihr Fahrrad steigen, und während sie sich die verdrehten Rucksackträger über die Schultern schob, fiel ihr Blick auf den Jungen mit der kurzen schwarzen Lederjacke, der an der Tür seines Autos lehnte, ein Arm so stark gebeugt, dass er sich mit dem Ellenbogen am Dach anlehnen konnte, den anderen angewinkelt und über die Augen gelegt. Seine Hand bildete einen Schutz gegen das

Sonnenlicht, und sein angestrengter Blick galt den Schülern, die über den Schulhof fuhren. Erst im letzten Moment erkannte sie ihn. Ihr Herzschlag setzte für ein paar Momente aus, und sie verschluckte sich an dem Lied, das sie gerade summte. Yoram! War das Yoram?

Sie hielt kurz vor der Bordsteinkante an. Auf der anderen Straßenseite, weit weg, aber zum ersten Mal ganz nah, stand der Junge, der wie Yoram aussah. Seine Hand senkte sich, und jetzt fiel das Sonnenlicht direkt auf sein Gesicht.

»Ich habe meinen Schmuck gefunden!«, rief er ihr zu.

Ja, er war es wirklich! Wie war das möglich? Sie hatten keine Adressen ausgetauscht, sie hatte den Namen ihrer Schule nicht genannt. Ach, es spielte keine Rolle! Er war ganz real in ihrem Leben aufgetaucht, und sie war darüber sehr, sehr froh! Sie kannte ihn jetzt seit drei Wochen, und er bestand nicht länger nur aus Worten. Er war Wirklichkeit geworden!

Jade ließ ihr Fahrrad auf dem Fußweg stehen und überquerte die Straße. Ein schelmisches Lächeln überzog sein Gesicht. Seine Arme hingen jetzt neben seinem Körper. Die Straße war noch breiter, als sie gedacht hatte, so lange dauerte es, bis Jade bei ihm war, als ob alles in Zeitlupe ablief. Oder waren ihre Schritte so schwer? Dann stand sie vor ihm. Sie wusste nicht, was sie sagen sollte. Konnte nur lächeln. War er es wirklich? Sie berührte seinen Ärmel, strich von oben nach unten über seinen ledernen Ärmel, um bei seinen Fingern zu enden, die sich um ihre schlossen. Sie hatte die andere Hand noch frei, und damit berührte sie seine Haare, seine Stirn, seine Wange, seine samtweiche Haut.

»Hi.«
»Hey.«
»Da bist du.«
»Tolles Auto.«
»Ja, oder?«
»Ich wusste nicht, dass du fahren kannst.«
»Steig doch ein.«

Jade lief um das Auto herum, setzte sich, und sie fuhren los, während ihnen ihre Klassenkameraden nachblickten. Ihr Fahrrad blieb einsam auf dem Fußweg vor der Schule zurück.

Sie sprachen unterwegs nicht viel, nur notwendige Dinge wie »An der Ampel rechts« und »Achtung, jetzt wieder links«. Als ob Jade wusste, wohin er wollte. Sie fuhren aus der Stadt heraus. Sie hielten am Wald, liefen Hand in Hand über die Waldwege, überquerten die sonnigen Sandflächen und setzten sich mit dem Rücken gegen die Lärchen am Rand der Heide. Dort gaben sie sich den ersten Kuss.

Oder sie konnte nichts ahnend mit ihren Freundinnen durch die Stadt laufen. Ein bisschen shoppen, und dann ein Eis beim Italiener. Mit ihren drei Kugeln Eis in der Waffel – mit Sahne – setzten sie sich auf die Terrasse vor dem Café. Und auf einmal lief Yoram vorbei. Sie sahen sich gleichzeitig, und vor Überraschung, oder vielleicht auch vor Schreck, vergaß Jade ihr Eis zu essen. Sie konnte nur noch starren, sie traute ihren eigenen Augen nicht. Ihr Mund verformte sich sehr langsam zu einem Lächeln. Was hatte er an? Dieses Mal eine Jeans, ein langärmliges T-Shirt und darüber ein Hemd mit kurzen Ärmeln. Schwarz mit Weiß.

Yoram kam als Erster wieder zu sich. »Ich würde dich unter Tausenden erkennen«, sagte er. »Dein Bild ist mir auf die Netzhaut gebrannt. Du bist in Wirklichkeit noch schöner als in meinen Träumen! Vorsicht!«

Noch während seines Ausrufs packte er sie mit beiden Händen fest am Handgelenk. Es fühlte sich kalt und warm zugleich an. Und da kapierte Jade: Das Eis tropfte an ihren Fingern entlang nach unten. Yoram leckte es mit der Zunge auf. »Lecker.«

Jade lachte. »Melone und Zitrone.«

Sie hielt ihm das Eis hin. Er biss hinein, dann leckte sie daran, dann wieder er und dann sie. Er hatte noch immer seine Hände um ihr Handgelenk gelegt.

Das Eis ging hin und her, bis es aufgegessen war. Schließlich leckte Yoram ihr die Eisreste von den Lippen, und wie von selbst ging das in einen Kuss über.

Dass ihre Freundinnen dabeisaßen, vergaß Jade der Einfachheit halber.

Ach, es waren ja nur Träume.

Zum Glück saß Jade in der Schule neben Sacha, die sie davor bewahrte, ständig ihre Hausaufgaben zu vergessen. Sachas Notizbuch war recht zuverlässig. Jeden Tag nach Schulschluss borgte Jade es sich kurz aus.

9

»Ich möchte wissen, wie du aussiehst, wenn du dich bewegst«, sagte SuperSound. »Das ist doch was anderes als Fotos. Hast du eine Webcam? Kannst du die anstellen?«

Es war Samstagnachmittag, und Jade saß in ihrem Zimmer. Ihre Mutter hatte sich schon darüber beklagt. »Wie ungesellig du in letzter Zeit bist. Komm doch mal wieder nach unten!«

Aber Jade wollte keine Minute mit SuperSound verpassen. Und sie musste sich natürlich auch mit Sacha, Lian und Malini in MSN treffen. Sie hatten gerade vereinbart, morgen Fotos von Sacha und Lian zu machen. Vielleicht konnte sie auch noch neue von sich machen und an Yoram schicken. Und dann war sie immer noch regelmäßig in der Community aktiv. Ihre Eltern waren jetzt beide beim Arbeiten, und sie konnte daher tun und lassen, was sie wollte.

»Ja, ich kann die Cam anstellen«, antwortete Jade.

Aber da überfiel sie ein Gedanke. V.A.M.P.! Der Video Audio MSN Perfectionist! Die Verführung vor der Kamera! Sie wollte so schön wie möglich rüberkommen, und dafür brauchte sie Zeit.

»Aber nicht jetzt!«, sagte Jade. »Heute Abend stelle ich die Webcam an.«

Sie schrieb Sacha sofort eine SMS. »Wo stehen diese Tipps?«

Kurz darauf hatte sie die Antwort. Jade suchte im Internet und fand die Tipps, wie man vor der Webcam am besten rüberkam. Sie arbeitete sie Punkt für Punkt ab.

Als Erstes schleppte sie Stühle an: Welcher war am bequemsten? Man sollte entspannt sitzen, so Tipp 1. Und in Tipp 2 ging es um die richtige Platzierung der Kamera. Die Webcam sollte so ausgerichtet sein, dass das Gesicht möglichst gut getroffen war. Man durfte also nicht von zu weit oben oder unten filmen! Jetzt hatte Jade ihre Webcam direkt vor sich auf dem Bildschirm stehen, und diese Höhe gefiel ihr gut. Dann begutachtete Jade kritisch den Hintergrund. Was war von ihrem Zimmer zu sehen? Was wollte sie unter keinen Umständen zeigen? In den Tipps hieß es, dass auch das ihre Persönlichkeit widerspiegelte.

Hinter ihrem Rücken sah sie das Bett mit dem Poster von Orlando Bloom an der Wand. Sie betrachtete ihn oft, wenn sie nicht gleich schlafen konnte. Was würde Yoram davon halten? Sie hatte hauptsächlich Poster von Männern an der Wand hängen, fiel Jade auf einmal auf. Nicht zu fassen! Sie machte sich in ihren Zeitschriften auf die Suche nach neuen Postern. Nach langer Überlegung musste Orlando Bloom Pink weichen. Die fand sie nicht gerade super, aber ganz gut. Und sie harmonierte farblich großartig mit all dem anderen Rosa in ihrem Zimmer. Jetzt noch die Bettdecke glatt ziehen und fertig. Es war okay so! Orlando kam nicht weg, er wurde einfach woanders aufgehängt. Leider hatte sie kein Poster von Sängern finden können, die Yoram mochte.

Anschließend nahm sich Jade der Beleuchtung an. Das war etwas kompliziert, denn es war noch Tag. Jade ging zum Fenster und schaute hinaus, auf den Wirrwarr von Flachdächern, wehender Wäsche, Schornsteinen und Dachgauben. Nicht interessant. Trotzdem starrte sie weiter.

Bei Yoram hatte sie noch nie zuvor die Webcam angestellt. Sie benutzte sie nicht mehr so viel, der Witz war ziemlich schnell weg, fand sie. Sie wusste, wie ihre Freundinnen aussahen, und in der Community chattete sie immer ohne.

Resolut zog sie die Gardinen zu. Jetzt würde sie die Webcam mal wieder benutzen, aber dann musste das Licht passen, musste stimmungsvoll sein, aber auch hell. Sie probierte aus, wie sie bei diesem gedimmten Licht wirkte, die Schreibtischlampe neben sich. Links oder rechts? Nein, Moment: Was stand da noch? Das Licht sollte von zwei Seiten kommen! Also lieh sie sich die Schreibtischlampe ihres Bruders aus.

Was jetzt? In Tipp 5 ging es um die Klamotten: »Keine Streifen oder Punkte, nicht zu bunt oder zu stark gemustert, und natürlich wählst du die Farbe, die dir am besten steht.«

Bei ihr war das Rosa. Das trug sie bereits, aber Jade öffnete ihren Kleiderschrank, um zu sehen, ob vielleicht etwas anderes besser passen würde. Sie probierte mehrere Oberteile durch und entschied sich für eine Kombination mit Blau. Das passte gut zu ihren blonden Haaren, die sie hochsteckte. Jetzt musste sie sich noch einmal nachschminken. Nicht zu grell und auffällig, las sie im letzten Tipp. Und dann war sie bereit! Sie, Jade, war ein V.A.M.P. Ihre Vorbereitungen hatten zwei Stunden in Anspruch genommen.

SuperSound: hi schönheit
Edelstein: hi
SuperSound: ich seh dich
SuperSound: wie schön dich zu sehen
Edelstein: ich sehe dich nicht
SuperSound: oh ja
SuperSound: ist kaputt
Edelstein: was?
SuperSound: wahnsinn, dich echt zu sehen
SuperSound: fast live
Edelstein: aber ich sehe dich nicht
Edelstein: stellst du deine cam nicht an?
SuperSound: sorry
SuperSound: ist vor einer woche kaputtgegangen
Edelstein: schade
SuperSound: ich kaufe eine neue
Edelstein: ja, mach
SuperSound: wow, ich seh dich
SuperSound: unglaublich bist du
SuperSound: schön bist du
Edelstein: danke
SuperSound: eine traumfrau
Edelstein: nicht übertreiben
SuperSound: wie ich es mir vorgestellt habe
SuperSound: wie ich es erwartet habe
Edelstein: oh. was hast du heute gemacht?
Edelstein: warst du beim segeln?
SuperSound: nein, mein freund hatte zu viel zu tun
Edelstein: hast du stress in der schule?
SuperSound: geht so

SuperSound: ich wiederhole die klasse
Edelstein: ?
SuperSound: kannste laut sagen
SuperSound: aber jetzt wo ich dich sehe ...
Edelstein: was?
SuperSound: ist mein tag gerettet
SuperSound: die zeit ohne dich ist mir lang geworden
SuperSound: ich warte den ganzen tag auf dich
Edelstein: hast du nichts sinnvolles zu tun?
SuperSound: doch, auf dich warten
Edelstein: das nennst du sinnvoll?
SuperSound: ist gut für meine gemütsruhe
SuperSound: seit ich dich kenne bin ich wieder froh
Edelstein: wieso?
SuperSound: hatte ein tief
SuperSound: war ziemlich hinüber
Edelstein: oh, tut mir leid
SuperSound: du gibst meinem leben wieder einen sinn
Edelstein: echt?
SuperSound: ich lebe für dich
SuperSound: ich habe etwas, auf das ich mich freue
Edelstein: und die schule?
SuperSound: och
SuperSound: da lebe ich nicht
SuperSound: ich lebe durch meinen pc
SuperSound: mein edelstein, du bist so schön
Edelstein: schade, dass ich dich nicht sehe

SuperSound: ich habe nicht so viel geld
Edelstein: ach so?
SuperSound: ich sehe zu, dass ich möglichst schnell wieder eine cam habe
Edelstein: schön
Edelstein: kann ich was für dich tun?
SuperSound: da sein
Edelstein: ich bin da
SuperSound: schön sein
Edelstein: ??
SuperSound: aber das bist du sowieso
Edelstein: was für probleme hattest du?
SuperSound: lass mal
Edelstein: ich will es wissen
SuperSound: ich will jetzt nicht drüber reden
SuperSound: ich komme damit klar, seit ich dich kenne
SuperSound: du brauchst bloß online zu sein
SuperSound: und vor deiner cam sitzen
Edelstein: okay
SuperSound: dann machst du mich glücklich
Edelstein: okayyyy
SuperSound: ich bin sehr beeindruckt von dir
SuperSound: ich glaube, ich verliebe mich in dich
Edelstein: ?
Edelstein: ●
Edelstein: ✉ ♥
SuperSound: du bist sooooo besonders
Edelstein: so gut kennst du mich nicht
SuperSound: und ob

Edelstein: und ich kenne dich nicht
SuperSound: aber doch wohl ein bisschen
Edelstein: ja
SuperSound: ich schicke dir noch ein paar fotos
Edelstein: schön
SuperSound: heute nacht träume ich wieder von dir
Edelstein: und ich von dir

Jade hatte den ganzen Bauch voller Schmetterlinge, die nur mit Mühe zur Ruhe kamen. Sie erneuerte ihr Make-up, warum, wusste sie selber nicht. Sie ging heute Abend nicht mehr aus. Aber sie wollte das jetzt einfach. Sie fand sich selbst viel schöner so. Sie würde ihren üblichen Traum träumen. Einfach so zu Hause. Schade, dass seine Webcam nicht funktionierte. Sie hatte ihr Headset deshalb auch nicht aufgesetzt. Die Teile sahen dämlich aus, aber es wäre schön gewesen, zwischendurch miteinander zu reden. Na ja, das würde noch kommen.

10

Eine neue Schulwoche stand vor der Tür, und nach einem SuperSonntag fiel Jade die Umstellung sehr schwer. Der Sonntag hatte damit begonnen und geendet, dass sie mit SuperSound gequatscht hatte. Zwischendrin hatte sie mit Sacha, Lian und Malini neue Fotos gemacht, wieder im Ballettsaal ihrer Mutter. Nur hatten sie dieses Mal ihre Haare selber stylen müssen, denn ihr Vater wollte an seinem freien Tag nichts mit Frisuren und Locken zu tun haben. Deshalb hatten sie aber nicht weniger Spaß gehabt. Jetzt hatten Sacha und Lian auch ihr Profil in der Community eingestellt.

Malini hatte die top-50 erreicht, Grund genug für eine kleine Party in Jades Zimmer. Und weil Jade sich an diesem Sonntag supergut fühlte, war sie auch gar nicht neidisch. Sie gönnte Malini ihren Erfolg wirklich von ganzem Herzen. Ihr Herz war voll von etwas anderem, auch wenn sie es ihren Freundinnen noch immer verschwieg. Warum, wusste sie nicht genau. Später, sagte sie immer wieder zu sich selbst. Im Moment gehörte es nur ihr.

Jade war schon früh im Ballettsaal gewesen, noch bevor ihre Freundinnen kommen sollten. Sie war öfter alleine im Ballettsaal. Es war ein Ort, an dem sie gerne war. Sie liebte die Weite, die sich in den Spiegelwänden fortsetzte und fortsetzte. Und dann der riesige schwarze Fußboden. Wenn Jade mit ihren Turnschuhen darauf herumlief, machten sie ein quietschendes Geräusch. Aber am liebsten lief sie barfuß. Das glatte Schwarz an ihren Fußsohlen zu spüren, war ein heimlicher Genuss. Immer wenn sie hier war, zog sie die Gardinen zu. Damit keiner hineinschaute, aber auch, um wirklich ganz allein sein zu können.

Dann füllte sie den Saal mit ihrer Musik und tanzte danach. Ihre eigenen Schritte in einer selbst ausgedachten Choreografie. Sie wollte nicht, dass ihr jemand sagte, wie sie sich bewegen sollte, sie wollte das selbst bestimmen. In der Schule sagten ihr auch immer alle, was sie zu tun hatte. Sie konnte gar nicht gut tanzen, aber es war ja absolut privat, es musste nicht gut sein. Wenn sie sich nur bewegen konnte, genau so, wie sie sich fühlte: schnell oder hoch oder groß. Oder böse. Oder froh. Niemand durfte ihr dabei zusehen, niemand wusste davon. Sie brauchte das ab und zu.

Aber heute übte sie sich auch im Schönsein. Sie studierte ihre Haltung, suchte in ihrem Gedächtnis nach der Stimme ihrer Mutter, die ihr früher Anweisungen gegeben hatte: Füße leicht auseinander, Knie exakt über den Füßen – und vor allem nicht schließen –, Po anspannen und Bauch einziehen, gerade stehen und Schultern nach hinten!

Und Jade übte sich im Gehen. Wie bewegte sich ein attraktives Mädchen? Sie lief von der einen Seite des Saals zur anderen, während sie sich selbst im Spiegel korrigierte.

Sie probierte sich selbst aus.

Diese neue Jade nahm sie mit zur Schule. Fiel den anderen etwas auf? Dass sie anders lief? Dass sie selbstsicherer geworden war? Dass sie einen anderen Blick hatte?

Malini merkte natürlich sofort etwas. Ihr fielen immer alle Veränderungen auf. »Was ist denn mit dir los?«

Jade grinste breit, bevor sie eine Antwort gab. »Sagt dir der Name SuperSound etwas?«

»Ja, der war in der Community hin und weg von dir.«

»Ich habe ihn bei MSN zugefügt. Wir schreiben uns ununterbrochen.«

»Und, ist es schön?«

Jade nickte. »Sehr schön.«

Sie standen in der kleinen Pause zusammen in der Mädchentoilette und betrachteten sich im Spiegel. Dann schüttelte Jade den Kopf. »Schön ist nicht das richtige Wort«, sagte sie.

»Sondern?«

Jade dachte nach. Dann sagte sie resolut: »Es ist der Wahnsinn.«

»Der Wahnsinn?« Malini klang erstaunt. »Beschreib mal.«

»Na ja, weißt du, Yoram macht mir immer sehr viele Komplimente.«

»Yoram?«, unterbrach Malini sie.

»So heißt er. SuperSound heißt Yoram.«

»Schöner Name.« Malini schaute wieder ihr eigenes Spiegelbild an und beugte sich näher zum Spiegel, um Gloss auf ihre Lippen aufzutragen.

»Ja, oder?« Jade wurde rot. »Na ja, eigentlich flirtet er die ganze Zeit mit mir. Und das finde ich einfach Wahnsinn. Ein bisschen flirten, ein bisschen schmeicheln. Was wir machen, ist fast wie Sex. Bloß mit Worten.«

»Ihr seid also zusammen? Gratuliere!«

Jade sah im Spiegel, dass ihre Stirn in Falten lag. »Tja, das weiß ich nicht so genau. Wann ist man zusammen, wenn es bisher nur virtuell ist?«

»Es klingt jedenfalls so.«

Jade griff sich eine Haarsträhne und drehte sie zwischen den Fingern. »Yoram ist super!«, seufzte sie.

Ja, sie fand es großartig. Am liebsten würde sie noch viel öfter vor dem Computer sitzen, als sie es sowieso schon tat. Aber Schule. Und Hausaufgaben. Und zwei Abende babysitten diese Woche. In jeder Minute, in der sie nicht mit Yoram sprach, vermisste sie ihn.

Am Ende der Woche ging sie abends aus. Sie ging mit Sacha, Malini und Lian ins *Cool*, eine Disco, die klasse Schulfeten organisierte. Aber zuerst schauten sie bei Jade zu Hause *GZSZ*, klickten sich eine Zeit lang am Computer durch die Community, blätterten Zeitschriften durch, um die Klamotten von Popstars und Schauspielerinnen anzusehen, sie probierten aus, was sie davon mit dem Inhalt von Jades Kleiderschrank nachmachen konnten, stylten sich und riefen Jades Vater für ihre Haare zu Hilfe, der an diesem Freitagabend sogar zu überreden war.

Als er wieder unten war, brachte Malini ein paar Alkopops zum Vorschein. Kichernd tranken sie die Flaschen leer.

Gegen elf Uhr zogen sie los, Lian und Malini mit dem Fahrrad, Sacha und Jade auf den Gepäckträgern. Es war nicht weit bis zum *Cool*. Sie gaben ihre Jacken ab und bekamen ein weißes Bändchen um die Handgelenke, weil sie erst fünfzehn waren: Sie durften keinen Alkohol trinken. Jade sehnte sich sehr nach dem Moment, in dem sie ein grünes Bändchen tragen durfte, obwohl sie gar nicht so gerne Alkohol trank ...

In der Disco selbst war die Musik sehr laut. Jade schrie ihren Freundinnen ins Ohr: »Nach hinten!« Sie schoben sich weiter, vorbei an Körpern, Rauch, rosafarbenem und violettem Licht und dröhnenden Bässen.

Es gab mehrere Tanzflächen, die jeweils durch halbrunde Mauern voneinander getrennt waren. Man konnte sich bequem an die Mauer lehnen oder dahinter verschwinden, um sich zu küssen. Die hinterste Tanzfläche war meistens am leersten. Dort trafen sie jedes Mal auch andere aus ihrer Schule. Die Freundinnen lehnten sich an die Mauer, die lila angeleuchtet war, eine Cola in der Hand.

Sie hatten sich kaum hingestellt, als Malini schon von einem ziemlich gut aussehenden Jungen aufgefordert wurde. Malini wurde immer von Jungen aufgefordert, dachte Jade. Manchmal profitierten sie davon. Dann kam eine ganze Gruppe auf sie zu, und sie wurden auch mitgezogen.

Normalerweise hätte Jade Malini jetzt mit eifersüchtigem Blick nachgeschaut. Dann hätte sie Blickkontakt mit Sacha gesucht, die damit auch ihre Schwierigkeiten hatte. Zwar hatte Sacha mit ihren überzähligen Kilos einen größeren Komplex als sie, was ihren Körper betraf, aber so ein Gefühl mit ihr zu teilen machte es einfacher. Lian stand oft darüber. Oder kam das bloß durch ihr strenges Äußeres? Das fragte Jade sich schon manchmal. Es war so schwierig, Lian anzusehen, was sie fühlte. Aber Lian sagte sehr oft: Solange ich nur meine Zirkusschule habe! Brauchte sie nichts anderes, um glücklich zu sein?

Auf einmal kam sie ihr in den Sinn, diese Frage aller Fragen: Was brauchte sie, Jade, um glücklich zu sein? Und ihre Freundinnen? Einen Freund? Liebe?

Plötzlich spürte Jade ein unerträgliches Verlangen. Ihr Körper füllte sich mit einem bisher ungekannten Hunger nach ... Ja, wonach? Der Hunger wurde größer und größer, noch ein kleines bisschen, und sie würde zerspringen ...

Jade musste auf die Tanzfläche. Mit heftigen Bewegungen versuchte sie sich die Spannung vom Leib zu tanzen. Sacha und Lian machten mit. Wegen der Hitze mussten sie regelmäßig neue Cola und neues Wasser holen. Dann schauten sie zu Malini, die von dem Jungen, mit dem sie tanzte, nicht mehr loszukommen schien. Es sah so aus, als ob das den ganzen Abend nicht mehr geschehen würde.

»Kennt ihr den?«, schrie Jade Lian und Sacha zu und wies auf Malinis Eroberung.

Lian kam mit ihrem Gesicht nahe an Jades und rief: »Ist bei uns in der Schule, zehnte Klasse oder so.«

»Was wäre im Moment euer größter Wunsch?«, brüllte Jade dann in Sachas und Lians Ohren.

Sie sahen sie ein bisschen erstaunt an.

Sacha beugte sich als Erste zu Jade. »Zehn Kilo weniger wiegen!«

Danach antwortete Lian: »Eine Reise nach China machen.«

Die Disco war kein Ort für ausführliche Gespräche. Darum sahen sie für eine Weile Malini auf der Tanzfläche zu und brüllten sich ab und zu etwas ins Ohr. Ein paar Klassenkameraden luden sie zum Tanzen ein. Alles nette Jungs, aber ... Jade war unruhig. Dieser Abend war anders als sonst. Sie musste ständig an Yoram denken. Plötzlich vermisste sie ihn schrecklich. Ging das: jemanden vermissen, den man nicht wirklich kannte? Sie wünschte, er wäre hier. Die Jungen um sie herum interessierten sie nicht. Sie kamen ihr auf einmal so kindisch vor, so gewöhnlich. Sie könnten sich die Worte, die Yoram ihr schrieb, mit Sicherheit nicht ausdenken. Nein, sie wollte Yoram!

Sie blickte sich um. Wer sah ihm ähnlich? Wer hatte denselben Blick in den Augen? Sie suchte, aber sie fand ihn nicht. Jade ging von der Tanzfläche und stellte sich in einigem Abstand mit ihrer x-ten Cola hin, um zu träumen. Yoram, der plötzlich ins *Cool* kam und ihr gegenüberstand ...

Bis sie von Sacha und Lian in Richtung Toilette mitgezogen wurde. Hier war das Dröhnen leiser, und Jade konnte verstehen, was sie fragten: »Was ist los?«

Jade zwinkerte verständnislos.

»Du guckst wie drei Tage Regenwetter. Du amüsierst dich kein bisschen!«, meinten ihre Freundinnen.

Jade sagte: »Ich habe einen Chatfreund.« Begeistert begann sie zu erzählen.

»SuperSound?«, fragte Sacha.

»Yoram heißt er«, sagte Jade.

»Und er ist auch wirklich der, der er ist?«, war die nächste Frage. »Und nicht irgend so ein Perversling?«

Geschockt sah Jade ihre Freundinnen an. Und sie wusste sofort, dass dies der Grund war, warum sie zuvor noch nichts erzählt hatte. Sie wollte das nicht hören.

»Nein!«, rief sie entsetzt aus. »Das ist unmöglich!«

»Und warum?«, fragte Lian streng.

»Er klingt so ehrlich. Wir haben schon eine ganze Weile Kontakt, und ich vertraue ihm. Außerdem ... ich tue nichts Falsches. Was soll denn schon passieren? Wir reden ja nur.«

»Du verabredest dich nicht mit ihm?«

»Wenn es so weit ist, nehme ich bestimmt eine von euch mit«, versprach Jade.

Zum ersten Mal lachte Sacha. »Gefällt er dir?«

»Ja! Er ist supernett. Ich habe sehr viel Spaß mit ihm.«

Lian sah Jade ernst an. »Aber jetzt siehst du so aus, als ob du keinen Spaß hättest.«

»Ach.« Jade warf einen schnellen Blick auf ihr Spiegelbild. »Ich habe mich auf einmal nach ihm gesehnt. Doof, oder?«

Sacha und Lian zuckten die Schultern. »Nein, warum?«

»Wollt ihr ihn sehen?« Jade zog das grüne Heft, in dem seine Fotos steckten, aus ihrer Tasche. »Guckt, das ist er!«

»Wow, was für ein klasse Typ!«, sagte Lian, und Sacha rief beinahe gleichzeitig: »Genauso knackig wie der, den Malini sich da geangelt hat.«

»Nicht wahr?« Jade wuchs geradezu vor Stolz.

»Wie auch immer, lasst uns wieder tanzen gehen«, schlug Sacha vor und pustete sich ein paar braune Locken aus der Stirn. »Kommt ihr mit?«

»Du auch, oder?« Lian zog an Jades Arm. »Und setz ein fröhlicheres Gesicht auf!«

»Ja«, sagte Jade. »Aber erst muss ich mir noch die Lippen nachziehen.«

Auch Lian und Sacha holten ihren Gloss raus. Im Spiegel sah Jade, dass ihre Augen glänzten, so stolz war sie auf ihren Freund.

11

»Jade, könntest du heute Abend babysitten? Ich muss überraschend weg.«

Jade lachte ins Telefon. »Schon wieder?«

Monica, die drei Häuser weiter wohnte, lachte auch. »Ja, ja, so ist das bei stressigen Jobs, und Jan arbeitet ja sowieso immer abends. Wenn ich also eine Besprechung habe … Und diese Besprechung ist ganz kurzfristig angesetzt worden.«

Sie hatte ganz schön oft Besprechungen, das wusste Jade. Geplante, aber auch ungeplante. »Okay. Ja, ich kann schon. Wann soll ich da sein?«

Pünktlich um sieben Uhr wurde Jade am Dienstagabend von den begeistert jubelnden Stimmen der Kinder begrüßt, die sie babysittete – zwei und vier Jahre, beide schon im Schlafanzug. Jade schloss sie in die Arme. »Hallo, meine Schätze!«

Die Gesichter von Bas und Viola strahlten. Sie zogen schon an Jades Schultasche, wollten sie ihr von der Schulter ziehen. Jade wollte später noch lernen. »Pferdchen reiten! Pferdchen reiten!«, rief Bas, und Viola: »Nein, ich will mit dir ein Spiel spielen.«

Jade strich über die blonden Köpfe. »Wir machen beides. Aber erst mal sagen wir Tschüss zu Mama.«

Monica hatte bereits ihre Jacke an. »Meinst du, du hast alles im Griff?«

Sie brauchte Jade keine Anweisungen über Trinken, Vorlesen und Bettgehzeiten mehr zu geben. Jade war selber beinahe wie ein Kind im Haus, so oft kam sie her. Aber Monica musste das immer wieder sagen. Danach küsste sie ihre Kinder. »Lieb sein, ja?«

Bas sprang auf. »Bassie lieb, Bassie lieb!«

Monica drückte erst ihn kurz und dann ihre Tochter.

»Und Freitag kannst du auch, oder? Hatte ich dich das schon gefragt? Da sind wir auf einer Feier.«

Sie hatte nicht gefragt, aber Jade konnte trotzdem.

Von der Tür aus winkten die Kinder ihrer Mama hinterher, die sich auf den Weg zu ihrer kurzfristig anberaumten Besprechung machte. Sie war irgendwo Managerin, wusste Jade, aber sie wusste nicht genau, wo. Irgendwas im sozialen Bereich. Und Jan arbeitete am Theater, aber was er da machte, wusste sie auch nicht wirklich. Was sie wusste, war, dass sie gut verdienten und sie gut bezahlten. Und dass sie ihr Geld für ein Doppelhaus ausgegeben hatten. Sie hatten aus zwei Häusern eins gemacht und jede Menge teures Zeug reingestellt. Mit dem sie seitdem ziemlich schlampig umgingen. Jade kannte keinen Haushalt, der so chaotisch wirkte wie dieser. Oder kam das durch die vielen Zeitungen, Zeitschriften und Bücher plus dem ganzen Spielzeug?

Jade spielte zunächst noch eine Weile mit den Kindern. Hammerspiel, puzzeln, Pferdchen reiten, und nachdem sie die großen Bodenvasen auf die Seite gestellt hatte, begannen sie eine riesige Rangelei. Schließlich setzten sie sich an den Küchentisch, um einen Happen zu essen und etwas zu trinken. Jade setzte Viola vor den DVD-Player, während sie Bas ins Bett brachte. Danach schlüpfte sie selber noch einen Moment aufs Sofa. Das Mädchen lehnte sich gemütlich an sie. Jade roch den Duft ihrer frisch gewaschenen Haare; was fand sie diesen Geruch herrlich!

»Komm, Violalein, Bettgehzeit!«, sagte sie, als der Film aus war.

»Nein! Noch einen, es ist noch viel zu früh.«

»Wusstest du«, sagte Jade, »dass ich rückwärts gehen kann?«

»Echt?«, fragte Viola mit überraschtem Blick.

»Und ich glaube, dass du nicht verkehrt herum laufen kannst. Dann nützen dir nämlich deine Augen nichts mehr, und dann stößt du überall gegen und findest nicht mal dein eigenes Bett!«

Viola sprang vom Sofa. »Und ob! Das kann ich wohl!«

Sie hatten den größten Spaß zusammen, als sie in den Rückwärtsgang schalteten und als Erstes gleich eine Pflanze umwarfen. Egal, Jade würde das später aufräumen. Lachend stießen sie überall gegen, während sie rückwärts durchs Wohnzimmer liefen, die Treppe hoch und in Violas Zimmer.

»Siehst du!«, rief Viola, als sie sich rückwärts auf ihr Bett fallen ließ. »Du bist dumm! Ich kann das wohl! Ich habe gewonnen!«

Jade tat, als würde sie sich sehr erschrecken. »Aber jetzt hast du deine Zähne noch nicht geputzt!«

»Auch rückwärts!«, rief Viola, und Jade prustete los: »Rückwärts Zähne putzen?«

Also gingen sie rückwärts ins Bad und wieder zurück.

Jade nahm sich Zeit zum Vorlesen. Viola sagte mit einem

tiefen Seufzer: »Du solltest uns immer ins Bett bringen. Papa und Mama lesen immer nur so kurz.«

»Aber so ist das Buch schneller aus«, sagte Jade.

Darüber musste Viola nachdenken. »Ja und?«, sagte sie, als nur noch ihre Nase unter der Bettdecke hervorschaute. Jade strich ihr kurz darüber. »Viola ist ein Naseweis.«

»Was ist ein Naseweis?«, fragte Viola.

»Ein liebes Mädchen, das jetzt schön schläft. Gute Nacht!«

Als Jade die Treppe runterging, rief sie noch ein paarmal Gute Nacht. Unten räumte sie als Erstes das Spielzeug auf. So, das brachte schon ganz schön was. Die Pflanze wurde wieder aufgestellt und die Erde weggefegt. Danach sammelte sie die Kinderklamotten ein, die quer durchs Zimmer verstreut lagen. Sie nahm sie mit nach oben, ins Badezimmer. Auch hier war alles luxuriös: eine übergroße Badewanne, eine separate Dusche, Fußbodenheizung, ein großer, offener Schrank mit Stapeln von weichen Handtüchern und irrsinnig vielen Fläschchen und Döschen. Jade legte die gefalteten Kleidungsstücke in einem Stapel auf die Waschmaschine und wollte wieder nach unten gehen, als sie sah, dass die Tür zum Schlafzimmer von Jan und Monica offen stand. Eine plötzliche Neugierde ließ sie innehalten. Wie es wohl dort drin aussah?

Aber zuerst schaute sie noch in die beiden Kinderzimmer hinein. Die beiden schliefen. Dann ging sie zurück ins große Elternschlafzimmer. Auf dem Boden lag ein dunkelroter hochfloriger Teppich, der sich an nackten Füßen sehr angenehm anfühlen musste. Das Bett war groß und breit, viel breiter als das Bett ihrer Eltern. Es hatte zwei getrennte

Matratzen und zwei einzelne Bettdecken. Die Bettwäsche fühlte sich weich und glatt unter Jades Fingerspitzen an, als sie darüberstrich. Über dem Bett hing ein riesiges Bild. Jade konnte sich nicht erklären, was es darstellen sollte. Es war ein buntes Durcheinander aus Flecken und Farben, vor allem viel Rot und Gelb. Auf dem Nachttisch an der einen Seite standen ein Aschenbecher voller Zigarettenstummel und ein leeres Glas Wein. Besser gesagt: Der Rest am Boden des Glases hatte die Farbe von Rotwein. Auf der anderen Seite lag ein großer Stapel Bücher auf dem Nachttisch. Richtig langweilig. Das Foto von Bas und Viola, das in einem roten Bilderrahmen steckte, gefiel ihr aber wieder gut. Ein Strandfoto mit Sonnenbrillen und Hüten und nackten Popos. Es sah lustig aus. Und auf dem Boden an dieser Seite des Bettes lag ein Stapel Papier. Ob sie auch noch im Bett arbeiteten?

Nachdenklich betrachtete Jade das ungemachte Bett. Die Kissen lagen nebeneinander, die Bettdecken waren nicht glatt gestrichen. Wie es wohl war, in so einem Bett zu schlafen? Wie es wohl war, verheiratet zu sein? Hatten sie noch oft Sex? Vielleicht jede Nacht? Wie oft tat man es, wenn man verheiratet war?

Und auch in diesem Zimmer lagen überall verstreut Kleider. Jade nahm ein paar davon auf, ließ sie dann aber wieder fallen: eine Hose, ein Rock, Socken, ein Pulli, sogar ein Stringtanga! Das meiste war von Monica. He, und was war das? Da lag etwas fast vollständig unter dem Schrank. Jade brachte ein schwarzes Unterhemd zum Vorschein, aus sehr dünnem, feinem Material mit schmalen Spaghettiträgern. Sie fegte ein paar Staubflocken herunter. Wie lange lag das wohl schon dort? Das Hemd war am Ausschnitt mit einem Streifen Spitze abgesetzt. Über der Brust bildete es eine Art Kreuz, das sich bis in die Schultern zog, sodass vier Flächen entstanden, von denen zwei durchsichtig waren. Was für ein schönes Teil! Jade hielt es sich vorsichtig an. Wie es ihr wohl stehen würde?

Jade stellte sich vor den Spiegel, aber so konnte sie natürlich nichts erkennen, weil ihr eigenes Oberteil durchschimmerte.

Sollte sie …? Jade hatte ihren Pulli schon aus. Das Hemd glitt geschmeidig über ihre Haut. Es fühlte sie wie eine Art kühle Brise an. Sensationell! Ihre Brüste kamen unter dem durchscheinenden Stoff gut zur Geltung. Ja, jetzt war sie ein noch besserer Vamp.

Sie musste an Yoram denken. Wenn er sie so sehen könnte!

Wie gerne würde sie so ein Hemd anziehen. Dann würde sie sich so richtig sexy fühlen. Es war schön, sich sexy zu fühlen. Sie würde sich mal in der Stadt umsehen. Aber so ein Hemd war garantiert sehr teuer.

Sie zog ihren Pulli über das Hemd. Sie wollte es nur noch mal kurz genießen, gleich zog sie es wieder aus – und ging nach unten, um Hausaufgaben zu machen. Als sie damit fertig war, stellte sie den Fernseher an. Während sie im Sofa versank, vergaß sie die Zeit.

Früher als erwartet hörte sie den Schlüssel im Schloss. Gleich darauf stand Monica im Zimmer.

»Hi, da bin ich wieder, alles gut gegangen?«

Jade nickte.

»Sind sie ohne Probleme schlafen gegangen?«

Wieder nickte Jade. »Ja, klar.«

»Bas auch? Er ist ein bisschen erkältet, und da hat er manchmal Probleme mit seiner verstopften Nase, und dann will er ständig was zu trinken ...«

Jade berichtete, wie der Abend verlaufen war, nahm ihr Geld entgegen und machte sich auf den Heimweg. Erst als sie sich auszog, um schlafen zu gehen, entdeckte sie, dass sie das Unterhemd noch anhatte.

12

SuperSound: hey, ich dachte sie kommt nicht mehr
Edelstein: und du bist noch da?
SuperSound: immer
Edelstein: so spät?
SuperSound: du auch!
Edelstein: ich musste babysitten. die eltern waren auf einer feier
Edelstein: und dann sind sie spät nach hause gekommen
SuperSound: bei wem musst du babysitten?
Edelstein: bei zwei kleinen schätzen von 2 und 4
SuperSound: und wirst du mit denen fertig?
Edelstein: jaaa, sie sind so lieb
SuperSound: machst du deine webcam an?
Edelstein: okay
SuperSound: super
SuperSound: schön dich zu sehen
SuperSound: I feel okay
SuperSound: wenn ich dich sehe
Edelstein: hast du immer noch keine cam?
SuperSound: I miss you
SuperSound: wenn ich dich nicht sehe
SuperSound: du siehst toll aus
Edelstein: cam? cam? cam?
SuperSound: sorry

SuperSound: du bist aus gewesen
Edelstein: war nur babysitten
SuperSound: gehst du manchmal weg?
Edelstein: und ob
SuperSound: mit wem?
Edelstein: mit meinen freundinnen
SuperSound: und freunden?
Edelstein: nein
SuperSound: so ein schönes mädchen
Edelstein: kein freund
SuperSound: wen triffst du denn da so?
Edelstein: jungs aus der schule. nicht interessant
Edelstein: und du? hast du eine freundin?
SuperSound: ich habe dich
Edelstein: ich meine in der wirklichkeit
SuperSound: das hier ist die wirklichkeit. ich stehe auf jade
SuperSound: ich will ...
Edelstein: was?
SuperSound: darf ich ein bisschen mehr von dir sehen?
Edelstein: was meinst du?
SuperSound: ich sehe dein gesicht
SuperSound: ich will deinen hals sehen
SuperSound: ich will deinen oberkörper sehen
Edelstein: ist es so besser?
SuperSound: cam etwas tiefer?
SuperSound: ja so
SuperSound: schöne brüste!

Ja, ihre Brüste fand Jade auch schön. Auf die war sie stolz. Die durften gesehen werden! Auch wenn sie sich jetzt nicht als V.A.M.P. aufgestylt hatte, sah sie selber auf dem Bildschirm die Rundungen ihrer Brüste. Sie hatte gar nicht erwartet, dass Yoram noch online sein würde. Warum sie den Computer dann angestellt hatte, wusste sie auch nicht genau. Einfach so, zur Sicherheit. Oder um zu gucken, ob er eine Mail geschickt hatte. Kurz den Computer an und gleich wieder aus und dann schlafen – mehr hatte sie gar nicht gewollt.

Jade zog außer Sichtweite der Kamera ihr Shirt nach unten. Jetzt zeigte sie ein kleines bisschen Haut.

»Mach das noch mal«, bat Yoram

Durch ihn konnte sie stolz auf ihren Körper sein. Durch ihn konnte sie glauben, dass sie schön war.

»Ich fühle mit den Fingerspitzen die Grenze zwischen Stoff und Haut. Fühlst du das auch?«, meldete Yoram auf dem Bildschirm.

Seltsam, Jade war, als ob ihr eine Gänsehaut über den Rücken lief. Sie strich sich selbst ganz kurz mit dem Mittelfinger über das Dekolleté, oberhalb von ihrer rechten Brust.

»Schöne Bewegung! Machst du das noch mal? Dann fahre ich mit meinen Fingern an deinem Hals entlang. Ich berühre deine Finger, fühlst du das? Unsere Hände sind ineinander verflochten.«

Jades Finger schwebten fast über der Tastatur, in Erwartung dessen, was noch kommen würde.

»Ich berühre dich an deinem warmen Hals, ich streiche hinter deinem Ohr entlang, unter deinem Kiefer, über das

Grübchen am Jochbein, dann nach unten, wo es weicher ist und rund. Den Hügel hinauf. Die Hügelspitze.«

Jade spürte die Erregung in ihrem Bauch. Beinahe automatisch berührte sie selbst ihr Gesicht und ihren Busen. Sie fühlte, wie ihre Brustwarze reagierte. Hilfe, so etwas Spannendes hatte sie noch nie erlebt!

»Was ist da drunter? Was trägst du noch außer deinem T-Shirt?«

Das Unterhemd! Auf einmal erinnerte sich Jade, dass sie heute Abend Monicas Hemd angezogen hatte. Sie hätte es heute zurücklegen können, aber sie hatte es nicht getan. Sie wollte es behalten, und Monica hatte nichts darüber gesagt, dass sie ein Unterhemd vermisste.

Ehe sie sich versah, hatte Jade ihr Shirt ausgezogen.

»Schön?«, fragte sie.

»Sehr schön«, war die Antwort. »Drehst du dich mal ein bisschen? Und jetzt in die andere Richtung. Schiebst du deine Brüste nach vorn? Weiter? Richtig ins Hohlkreuz? Siehst du, wie das deinen Brustwarzen gefällt? Sie werden ganz hart.«

Jade befühlte sie kurz. Yoram hatte recht.

Dann bat er sie, sich vorzubeugen.

»Ich kann nicht so gut sehen, dein Zimmer ist zu dunkel.«

Jade konnte jetzt schwerlich die Lampe von ihrem Bruder dazuholen. Also zündete sie ein paar Kerzen an. Es war jetzt viel stimmungsvoller, und ihre Schultern wirkten wie von selbst etwas runder.

Yoram redete auf dem Bildschirm immer weiter. Er streichelte ihre Brüste, sagte er. So schön rund und so wohl geformt! Sah er das richtig? Er konnte sie durch den Stoff hindurch sehen. Machst du den einen Träger mal runter? Jetzt war mehr von ihrer Haut zu sehen. Er mochte nackte Schultern, ja, sie hatte auch schöne Schultern.

»Trägst du keinen BH?«, fragte er.

»Jetzt nicht«, antwortete sie.

Ganz plötzlich stoppte SuperSound. Er würde von ihr träumen, sagte er. Es war inzwischen schon spät, sagte er. Sie würden aber bestimmt bald weitermachen, sagte er.

Das nächste Mal, dass sie sich in MSN trafen, war am folgenden Tag. Jade war sehr neugierig. Was würde jetzt geschehen? Würde es noch einmal passieren? Sie traute sich nicht, selber so anzufangen. Es war einfach nur nett an diesem Nachmittag, sie quatschten über dieses und jenes, und hier und da fiel eine kleine eindeutige Bemerkung. Aber sie hatten sich für abends wieder in MSN verabredet.

Jade hatte sich einen neuen BH gekauft. Sie hatte ein anderes T-Shirt angezogen und trug wieder das Unterhemd darunter, und sie hatte sich geschminkt.

Sie musste lange warten, bevor er online war. Aber das machte nichts, er würde kommen!

Da war er! Und zunächst redeten sie darüber, was sie am Tag gemacht hatten, sie quatschten über Musik und über die neuesten Videos und übers Fernsehen und über alles und nichts, und dann, völlig unerwartet, fragte er: »Was hast du unter deinem Shirt an?«

»Das gleiche Hemd.«

»Würdest du das Shirt ausziehen?«

Sie tat, worum er sie bat.

»Ich habe heute Nachmittag einen neuen BH gekauft«, sagte sie.

»Doch hoffentlich einen schwarzen?«, fragte er. »Ich liebe Schwarz.«

Zufällig war es ein schwarzer, weil Jade ihn vor allem gekauft hatte, um ihn unter dem Hemd anzuziehen. Wenn sie sonst BHs trug, dann rosafarbene. Sie hatte nicht gewusst, dass er Schwarz mochte. Nun würde sie auch mal in Schwarz vor der Cam erscheinen.

»Zeigst du ihn mir?«

Jade zögerte nicht. Sie hatte den teuren BH nicht umsonst gekauft. Sie zog das Hemd aus und fühlte sich großartig. Da saß sie jetzt also in ihrer rosafarbenen Hose und dem schwarzen BH. Gierig las sie seine Liebkosungen auf dem Bildschirm.

»Warte, ich tanze für dich«, schrieb sie. Sie richtete die Cam so gerade wie möglich aus und stellte Musik an. Dann setzte sie sich doch kurz das Headset auf den Kopf.

»Hast du ein Headset?«, fragte sie ins Mikrofon. »Dann kannst du die Musik auch hören.«

Schau mal an, was ich mich traue, dachte sie gleich darauf. Als ob sie in einem Videoclip auftrat, so bewegte sie ihre Hüften und Brüste. Sie verrenkte sich vor der Cam in alle Richtungen und hoffte nur, dass er genug sehen konnte. Sie fühlte sich supersexy.

Nach drei Liedern setzte sie sich wieder hin. Sie keuchte.

»Weiter!«, schrieb Yoram.

Erneut stellte Jade die Musik an. Sie legte sich die Hände auf die Brüste, schob sie nach vorn, nahm ihre Brustwarzen zwischen die Finger. Sie kniff hinein. Sie legte die Hände auf den Bauch, klemmte ihre Finger ein Stück unter den Hosenbund.

Yoram reagierte mit einer Flut von Komplimenten auf das, was er sah. Sie war schön. Sie bewegte sich großartig. Sie war gelenkig. Sie hatte einen herrlichen Körper. Darauf sollte sie stolz sein.

Das war Jade auch. »Aber ich will dich auch sehen!«, sagte Jade.

»Nächstes Mal«, versprach Yoram.

Aber beim nächsten Mal war wieder keine Webcam an. Und das Mal darauf auch nicht. Jade war enttäuscht.

»Geldprobleme«, erklärte Yoram am Mittwochabend. »Es geht im Moment echt nicht. Meine Eltern haben mir das Taschengeld gekürzt, und ich hatte zwar einen Job, aber da wurde ich für etwas beschuldigt, das ich nicht getan hatte, und daraufhin wurde ich entlassen, und ich musste noch Schulden abbezahlen, und dann war da noch ein Freund mit Geldproblemen, der hatte echt gar nichts mehr, und ich habe ihm mein letztes Geld gegeben …«

Jade lächelte. Lieb von Yoram, einem Freund helfen zu wollen. »Du kannst was von mir leihen«, bot sie an.

»Schätzchen, das kann ich nicht annehmen. Ich regele das schon.«

Sie chatteten jetzt nur noch am späten Abend. Ihre Eltern dachten, dass Jade längst schlief. Der Monat Juni war genau eine Woche alt, und es war richtig Sommer. Jades Fenster stand auf, und die schwüle Luft strich an ihren nackten Armen entlang. Sie hatte nur das Unterhemd an.

»Mein kostbarer Stein, ich bin so froh über dich. Ich kann

meine Probleme vergessen. Du bist wie ein Geschenk, packst du dich jetzt noch weiter aus?«

Jade starrte erstaunt auf die Worte. »Warum?«, fragte sie. Blöde Frage natürlich, aber sie wusste gerade nicht …

»Du bist so schön, ich will mehr von dir sehen!«, antwortete er.

Plötzlich war ihr Wagemut wie weggeblasen. Trotz der Wärme bekam sie Gänsehaut. Sie stand auf und schloss das Fenster.

»Wo bist du?«

»Hier.« Sie hatte sich wieder hingesetzt. Zögernd.

Ist das Ganze wirklich in Ordnung?, schoss es ihr auf einmal durch den Kopf. Einbahnstraßenverkehr, das war es, und eine nebulöse Geschichte über Geldprobleme, und Versprechen, die er nicht hielt. Soll er doch einfach sagen, dass es keine Cam geben würde.

Aber sie wagte es nicht, ihm das zu sagen. Er war ganz offensichtlich etwas labil. Er hatte doch ein Tief durchgemacht? Sie wollte ihn nicht verärgern. Er war nett. Und es war schön. Wenn sie einen Schritt zur Seite machte, war sie nicht mehr im Bild, und wenn sie den Computer ausstellte, war der Kontakt unterbrochen. Mann, was benahm sie sich auf einmal albern. Wenn sie richtig zusammen wären, würde sie sich doch auch irgendwann ausziehen?

SuperSound schickte seine Nachricht ab, und Jade las sie den Bruchteil einer Sekunde später.

»Worauf wartest du?«

Jade zog Monicas Hemd über den Kopf. Danach nahm sie auch den BH ab.

13

SuperSound: ziehst du jetzt dein top aus?
Edelstein: warum?
SuperSound: schöne brüste will ich sehen
Edelstein: weiß nicht
SuperSound: was heißt das, du weißt nicht? schöner stein, wirst du jetzt auf einmal prüde?
Edelstein: nein, aber ...
SuperSound: aber was?
SuperSound: kommt raus, schöne titten, wo seid ihr?
Edelstein: erst einfach nur reden
SuperSound: wir haben doch schon geredet?
SuperSound: es hat dir gestern gefallen, also musst du es jetzt wieder tun!

Musst? Jade zog die Unterlippe zurück und biss darauf. Ihre Augen überflogen die Zeilen, die gerade zwischen ihnen hin und her gegangen waren.

Es war noch wärmer als gestern Abend. Sie hätte eigentlich schon im Bett liegen sollen, war sich aber sicher, dass sie sowieso nicht schlafen konnte. Also hatte sie den Computer angestellt.

Tja, was hatte sie denn gedacht? Dass sie nun weiterhin romantisches Geplänkel mit ihm austauschen würde? Gehörte das andere jetzt nicht irgendwie dazu?

Trotzdem war sie im Zweifel. Wollte sie es wieder machen? Gestern war es schön, aber war es nicht auch irgendwie verrückt? Und wenn sie jetzt richtig zusammen wären? Dann würden sie doch auch immer weiter gehen? Das las sie in all diesen Zeitschriften. Was wusste sie eigentlich darüber, wie es war, mit jemandem zusammen zu sein? Woher wusste man, was dazugehörte und was nicht? Woher wusste man, wie man sich zu verhalten hatte und was normal war? Und musste einem denn alles gefallen?

SuperSound: worauf wartest du?
Edelstein: ich denke nach
SuperSound: du sollst nicht denken, du sollst loslegen
SuperSound: du brauchst nur dein hemd über deinen hübschen kopf zu ziehen
SuperSound: schönes top übrigens. Die farbe steht dir gut
SuperSound: aber zieh es jetzt aus
SuperSound: sehr langsam aus
SuperSound: überraschung! überraschung!
Edelstein: und was ist mit dir?
SuperSound: ich sehe dich an.

Aber sie hatte nichts, das sie ansehen konnte. Sie wollte ihn auch sehen. Es musste doch von beiden Seiten ausgehen? Warum hatte er bloß keine Cam?

SuperSound: jade! please!
Edelstein: ich will dich auch sehen

SuperSound: kommt echt bald
Edelstein: tatsächlich?
SuperSound: morgen
Edelstein: glaube ich dir nicht
SuperSound: was?
Edelstein: versprich es mir!
SuperSound: mach ich, ich verspreche es!
Edelstein: echt?
SuperSound: liebste, schätzchen, wie könnte ich dich anlügen?
SuperSound: du machst mich richtig traurig
Edelstein: :-*
Edelstein: aber du hast kein geld
SuperSound: ich krieg das schon hin
Edelstein: warum konntest du das dann nicht eher machen?
SuperSound: warum tust du so?
Edelstein: wie?
SuperSound: als würdest du mir nicht glauben

Stimmte das? Begann sie an ihm zu zweifeln? Das war absolut nicht das, was sie wollte! Sie wollte auch weiterhin das Besondere, das da geschah, genießen.

Edelstein: doch. tut mir leid
SuperSound: also dann
Edelstein: was?
SuperSound: du hast schon nackte arme und nackte schultern. zieh dein hemd aus
Edelstein: können wir nicht einfach reden?

SuperSound: hast du eben schon gesagt. ich habe genug geredet. ich will dich sehen
Edelstein: und wenn ich nur reden will?
SuperSound: zieh dein hemd aus!
Edelstein: kannst du das nicht anders sagen?
SuperSound: ich kapier das nicht. gestern hat es dir gefallen
Edelstein: das war gestern
SuperSound: dann muss es jetzt auch gehen
SuperSound: warum sagst du nichts?
SuperSound: warum tust du nichts?
SuperSound: jade?
SuperSound: jade!
SuperSound: ich habe deine fotos noch schöner gemacht
Edelstein: was meinst du?
SuperSound: ich zeig es dir, warte einen Moment. ich schicke sie dir

Was meinte er? Yoram sagte eine Weile nichts mehr. Dann sah Jade, dass eine E-Mail kam. Was war das? Sie hatte einen Anhang, ein jpg, den sie nervös öffnete. Sie starrte erschrocken auf ein Foto von sich selbst. Sie war es, aber sie war es auch nicht.

SuperSound: ich habe deine fotos etwas verschönert
Edelstein: das bin ich nicht
SuperSound: ach nein? Du hast mir das foto selbst geschickt
Edelstein: nicht so

SuperSound: nein, das stimmt. ich hab dich ein bisschen erotischer gemacht
SuperSound: so wie ich dich gerne sehe
SuperSound: so wie ich dich gern anschaue
Edelstein: ich finde das nicht schön
SuperSound: doch, das ist schön. und jetzt zieh doch mal dein hemd aus
Edelstein: nein
SuperSound: oh nein? dann habe ich eine überraschung für dich
Edelstein: was meinst du?
SuperSound: wohin soll ich die fotos schicken? an die schule? dann sieht sie jeder
Edelstein: nein!
SuperSound: doch, das ist eine gute idee
Edelstein: du weißt nicht, auf welcher schule ich bin
SuperSound: wie viele schulen gibt es in deiner stadt? 3. ich habe sie nachgeschlagen. ich kann bei all diesen schulen fotos auf die website stellen. jeder schuss ein treffer!
Edelstein: nein!
SuperSound: doch
Edelstein: das kannst du nicht
SuperSound: doch! ich kenne mich damit aus
SuperSound: dann haben alle was von deinem sexy look
Edelstein: meine eltern!
SuperSound: was?
Edelstein: sie kommen die treppe rauf!

SuperSound: und?
Edelstein: ich muss aufhören
Edelstein: bin weg
SuperSound: tust du es morgen?
Edelstein: ja

Weil ihre Eltern gesehen hatten, dass unter Jades Tür Licht brannte, kam ihre Mutter zu ihr hoch. Der Computer reagierte so langsam! Also schnell, raus aus MSN, ausschalten, jetzt geh schon aus! Ihre Mutter stand schon in der Tür, als auf ihrem blauen Bildschirm noch zu lesen stand: »Abmeldung. Einstellungen werden gespeichert.«

»Jade! Sitzt du immer noch am Computer?! Warum liegst du nicht im Bett?«

Schuldbewusst sah Jade ihre Mutter kurz an. »Es war so warm! Ich wollte noch kurz ...« Dann schwieg sie.

Windows wird beendet, sah Jade, und dann wurde der Bildschirm schwarz.

»Von wegen kurz«, sagte ihre Mutter. »Es ist wirklich schon viel zu spät. Ab ins Bett.«

Jade stand auf und küsste ihre Mutter auf beide Wangen. »Ja, Mam. Schlaf gut, Mam.«

Sie zog sich das Unterhemd über den Kopf und fröstelte. Schnell zog sie das alte T-Shirt über, in dem sie schlief, und zog ihren Rock aus. Es war zu warm für die Bettdecke, deshalb steckte sie nur ihre Beine darunter. Zum ersten Mal wollte sie beim Einschlafen nicht an Yoram denken.

Aber es war unvermeidlich. Dieses Foto! Ihr Foto! Er hatte es bearbeitet, es war nicht anders möglich. Sie war darauf nackter, als Malini sie fotografiert hatte. Wie ging das? Warum hatte er das getan? Was wollte er?

Es konnte nicht wahr sein, dachte sie am nächsten Tag. Und beim Licht des Schultags besehen, des letzten der Woche, wurde Jade klar, dass es ein Witz gewesen sein musste. Am Abend nahm sie wieder Kontakt mit Yoram auf.

»Ja, ein Witz«, antwortete Yoram auf ihre Frage. »Wütend? Das steht dir nicht. Du bist in Wirklichkeit viel zu schön.«

Sie plauderten eine Zeit lang über alles und nichts, und es war wieder wie vorher. Erst nach einer Weile fragte er: »Darf ich dich wieder sehen? Du hast es versprochen!«

Sie hatte es versprochen. Und er benahm sich jetzt wieder normal. Es war sicher alles eine seltsame Art von Scherz gewesen. In Wirklichkeit würde sie es auch tun, dachte sie. Vielleicht sollten sie sich doch mal treffen?

Jade zog sich aus.

»Und deine Cam?«, fragte sie und schaute ernst in die Kamera.

»Ja, blöde Sache. Ich habe eine gekauft! Gut, oder? Es hat hingehauen mit dem Geld. Aber es war kein Kabel dabei. Ich gehe morgen früh gleich noch mal in den Laden.«

Sprach er die Wahrheit? Jade wollte es gerne glauben. So was passierte doch? Sie hatte auch Pech gehabt, als sie ihren MP3-Player gekauft hatte: kein Ton! Sie hatte ihn umtauschen müssen.

»Leg noch mal die Hände auf deine Brüste«, bat Yoram.

»Streichelst du sie mal? Ich würde das gerne machen, aber ich kann nicht.«

Jade lauschte der Musik, die ihr Zimmer erfüllte, und glitt mit den Händen über ihre Brüste. Es fühlte sich gut an. Ja, es war ein wirklich schönes Gefühl. Es war, als ob er es war, der sie berührte. Das war es doch, was sie sich wünschte? Oh ja, und wie sie sich das wünschte, dass er bei ihr war, in ihrem Zimmer, hier, neben ihr, oder noch lieber auf ihrem Bett, an der Wand, dicht aneinander, die Arme umeinandergelegt, Gesichter nah beieinander, und dann küssen und streicheln, seine Hände auf ihren Brüsten, seine Finger, die sanft nach ihren Brustwarzen tasteten ... Und dann fielen sie natürlich um, fielen aufs Bett, die Arme umeinander, Zungenküsse, wieder streicheln und Küsse auf ihre Brüste, ihre Brustwarzen. Und dann überall auf der Haut, entlangtastend bis an die Stelle, an der sie aufhörte ... oder er an ihre Kleider stieß. Würde sie dann noch mehr Kleider ausziehen?

Währenddessen hatte Jade den Bildschirm im Blick.

Dort stand: »Darf ich deinen Slip sehen? Nur ein Mal. Dann werde ich nie mehr danach fragen, wenn du es nicht willst. Hast du einen String an? Ich würde ihn so gerne sehen. Mach weiter mit der Hand! Gleite deinen Bauch hinab. Weiter! Tiefer! Hast du eine Hose an oder einen Rock? Könnte man den ausziehen? Nur einmal. Ich weiß, dass du eine tolle Figur hast, das kann nicht anders sein, kostbarer Stein. Du trägst nicht umsonst den Namen Jade. Du trägst bestimmt einen String. Das machen doch alle Mädchen? Welche Farbe hat er? Hat er einen Spitzenrand? Oder ein schönes Zierband?«

Jades Traum zerplatzte, als zu ihr durchdrang, was er jetzt wollte.

»Ich will nicht weitergehen«, tippte sie. Sie meinte es ernst.

»Und ob, das willst du.«

»Nein.«

»Okay, dann schicke ich ein Foto von dem, was du gerade gemacht hast, an deine Eltern. Wird ihnen gefallen.«

»Was?«

Die Erregung, die Jade noch eben verspürt hatte, verschwand und machte einer großen, kreischenden Panik Platz, die ihr Herz nicht weniger stark klopfen ließ. Sie fühlte das Blut an ihrem Hals pulsieren. Sie atmete schwer.

»Welches Foto?«

»Schätzchen, ich nehme alles auf, was du tust. Dachtest du, dass ich dich nur ein Mal anschaue? Ich hab doch gesagt, dass ich dich den ganzen Tag ansehe.«

Was? Das war nicht möglich. Das ging doch nicht? Wovon sprach er eigentlich?

Es wurde ihr viel zu schnell klar. Wieder schickte er ihr ein Foto. Voller Abscheu betrachtete Jade sich selbst, wie sie halb nackt in ihrem Zimmer saß, die Hände auf den nackten Brüsten.

Wie war das möglich? Machte er das mit einem Fotoapparat?

»Nein, es ist ein Bild von der Cam. Bild anhalten. Speichern. Ich habe eine ganze Serie davon«, antwortete Yoram.

»Ziehst du deine Hose jetzt aus?«

»Ich trage einen Rock«, sagte Jade.

»Schön! Zeig mal! Und auch, was darunter ist.«
»Und wenn ich das nicht tue?«
»Habe ich schon gesagt. Dann erfahren deine Eltern genau, was du an deinem Computer treibst. Schätzchen, jetzt mach, was ich sage. Es ist besser für dich. Ehrlich. Glaub mir. Jetzt mach schon. Dir hat es doch auch gefallen. Ja, gut so, das ist es, was ich will. Ja, nach unten. Sehr schön, sehr süß. Jetzt erfährt niemand etwas davon. Nur du und ich. Meine Pracht-Jade und ich. Drehst du dich mal um? Schönes Mädchen. Liebes Mädchen!«

14

Es war ihre eigene Schuld, dachte Jade, während sie ihren eigenen wütenden Blick im Spiegel vor ihr betrachtete. Der Ballettsaal war noch nie so leer gewesen wie jetzt. Ein Raum, der kein Ende hatte und keinen Trost bot und in dem sie kaum wagte, sich zu bewegen.

Es war auch keine Musik an. War das der Grund? Ach ja, sie hatte keine CDs mit nach unten genommen. Deswegen lief Jade in die Ecke mit der Musikanlage und durchsuchte die Sammlung ihrer Mutter, die sie für ihren Unterricht benutzte. Sie verwendete sehr unterschiedliche Musik. Jade kannte nicht alles, aber ein paar Sachen gefielen ihr. Sie entschied sich für einen dröhnenden Beat.

Jade lief mit zornigen Schritten hin und her, wie ein eingesperrter Tiger. Aber sie war keiner. Sie war ein wütender Körper, der nach einer Weile vor dem Spiegel zum Stillstand kam, die Beinen gespreizt, die Knie durchgedrückt, die Oberschenkelmuskeln angespannt, die Hände zu Fäusten geballt und mit einer tiefen Falte auf der Stirn. Ihre Lippen bildeten einen dünnen Strich.

Sie hatte es selbst getan. Es hatte ihr gefallen. Das erste Mal und das zweite Mal. Und danach auch. Sie hatte es genossen. Es hatte sie erregt. Sie war doch nicht schlecht oder so was? Aber Yoram …

Er zwang sie, setzte sie unter Druck. Sie musste. So sollte es doch nicht sein? Es sollte doch schön sein?

Er war nicht mehr nett, ganz sicher nicht nach den Fotos, die sie heute von ihm bekommen hatte!

Jade begann langsam, sich zu bewegen. Tanzte sie? Nein, sie machte Boxbewegungen. Sie bereute es. Auch, weil er nicht mehr nett war. Nicht länger ihr Traumprinz. Nein, ganz und gar nicht! So etwas tat ein Traumprinz nicht. Blöder SuperSound! Dämlicher Yoram! Fuck! Fuck! Fuck! Wenn er hier wäre ... Sie wollte so gerne auf ihn einschlagen, ihn treten und schubsen. Aber das ging nicht! Er war von oben bis unten Fake. Sie drehte sich um die eigene Achse und stemmte ihre Beine wieder fest auf den schwarzen Boden. Sie betrachtete wütend ihr Spiegelbild. Aber sie war darauf eingegangen. Sie war selbst schuld.

Wie sollte es jetzt weitergehen? Wie kam sie da raus?

Weitermachen? Versuchen, es weiterhin schön und spannend zu finden? Er war nicht bei ihr, er konnte ihr körperlich nichts tun, das war doch entscheidend? Wenn sie jetzt einfach tat, was er wollte?

Sie versuchte es zur Probe – sie tat, als würde sie vor dem Computer stehen, die Kamera auf sich gerichtet. So wie sie vor der Cam für ihn getanzt hatte, so versuchte sie es wieder. Für sich selbst. Wie ging das doch wieder? Sie tanzte herausfordernd, so, wie sie es in Videoclips sah. Sie schwang die Hüften, wackelte mit dem Hintern, schüttelte ihre Brüste, bewegte die Arme ...

Sie kam nicht einmal bis zum Ende des Lieds. Sie konnte es nicht. Es gefiel ihr nicht mehr.

Yoram gefiel ihr nicht mehr. Was war schlimmer?

Und immer wieder sah sie diese Fotos vor sich ...

Er hatte neue Fotos gemailt. Bilder von gestern Abend.

Von dem, was als Letztes geschehen war.

Sie konnte sich nicht mal mehr normal mit ihren Freundinnen in MSN treffen. So sehr stand er ihren anderen Kontakten im Weg. So konnte es nicht weitergehen.

Der Ballettsaal wurde plötzlich zum Wasserballett. Wie aus dem Nichts strömten ihr die Tränen über die Wangen. Ein Taschentuch! Sie brauchte ein Taschentuch! Hilfe! Panisch blickte Jade sich um. Dämliche Taschentücher, die nicht da waren, wenn man sie brauchte! Fuck! Fuck!

Im Ballettsaal gab es natürlich keine Taschentücher. Jade lief zu den Toiletten, um Klopapier zu holen. Sie wischte sich damit über die Wangen und putzte sich die Nase. Sie ruckte an der Rolle und nahm den ganzen Papierberg mit zurück in den Saal, zur Musik, in die Leere. Sie setzte sich im Schneidersitz vor den Spiegel, die Hände voller Papier, und presste es an ihr Gesicht und ihre Nase. Mit offenem Mund versuchte sie, ihre Atmung unter Kontrolle zu bekommen. Aus und ein. Aus und ein. Was sollte sie tun? Sie konnte ihre Freundinnen nicht um Rat fragen, die würden wahrscheinlich auch sagen, dass es ihre eigene Schuld war. Außerdem schämte sie sich viel zu sehr.

Meine Güte, das hatte er doch wohl nicht vorgehabt?

Jade versuchte sich alle Tage und jeden Moment ins Gedächtnis zu rufen. Sie würde sich gleich die Gespräche noch einmal durchlesen, und auch das grüne Heft, das jetzt verlassen in ihrem Zimmer lag. Genauso einsam wie sie.

Aber eigentlich war sie sich sicher: Sie hatte es nicht voraussehen können. Er schien so aufrichtig, so lieb, so ehrlich.

Sie lauschte der Musik. Ihr Kopf war leer. Ihr Herz kalt. Sie fröstelte. Auf einmal setzte sie sich aufrecht hin. Genau! Sie würde ihm einfach deutlich sagen, dass es ihr so nicht gefiel und dass er das mit den Fotos lassen musste. Sonst würde sie mit ihm Schluss machen.

Also los! Jade putzte sich die Nase, stellte die Musik aus und verließ den Ballettsaal. Sie begegnete ihrer Mutter auf dem Flur. Jade sah sie nicht an, sie würde sofort etwas merken. Ängstlich wartete sie ab, ob ihre Mutter etwas sagen würde, als sie aneinander vorbeigingen, etwas von einem Foto, das sie bekommen hatten, sie oder Papa, auf ihrem Computer. Jade hatte zwar gestern Abend getan, was Yoram wollte, aber wer weiß, was ihm alles einfallen würde … Und sie hatte irgendwann einmal erzählt, dass die Tanzschule ihrer Mutter eine Website hatte. Und über diese konnte man Kontakt aufnehmen.

Aber das Einzige, was ihre Mutter sagte, war: »Hast du die Musik ausgemacht? Letztes Mal war die Anlage noch an.«

Jade nickte nur kurz. In ihrem Zimmer war es kochend heiß. Sie zog die Gardine zu, auch wenn es noch nicht dunkel war und sie so die aufkommende Abendkühle draußen hielt. Dann schaltete sie den Computer ein. Die Cam ließ sie aus.

Schön, er war da. Sie ließ Edelstein sagen: »So will ich es nicht, Yoram. Du darfst mich nicht zwingen, Dinge zu tun, die ich nicht will.«

»Du machst jetzt sicher einen Witz?«, war die Antwort. »Haha. Natürlich willst du es.«

»Nein, ich meine es ernst«, tippte Jade.

»Haha«, reagierte er erneut.

Jade war sowieso schon wütend, jetzt wurde sie giftig. »Sonst mache ich Schluss!«

»Oh, drohen wir jetzt? Jetzt muss ich noch lauter lachen. Weißt du, Jade-Schatz, ich habe gestern Abend alles aufgenommen, und ich kann ganz problemlos das eine oder andere Bild ins Internet stellen. Fotos, kleine Filmchen. Ich habe dir auch was geschickt. Hast du es dir schon angesehen?«

Jade schwieg und starrte auf die abscheulichen Worte.

»Und deine Eltern werden auch etwas davon zu sehen bekommen. Sie haben ja keine Ahnung, wie schön ihre Tochter ist.«

Er hörte ihr einfach nicht zu! Er dachte gar nicht daran, auf ihre Gefühle Rücksicht zu nehmen. Jades Hände lagen auf ihren Knien, unfähig, etwas zu tun. Sie ballte sie heftig zu Fäusten. Unten im Bild sah sie, dass Malini jetzt online war. Könnte sie doch Malini um Hilfe bitten!

Ja, Malini schickte ihr eine Nachricht. Jetzt musste sie zwei Gespräche gleichzeitig führen, normalerweise kein Problem, aber heute!

Und wenn sie Malini an das Gespräch mit Yoram zufügen würde? Nein, das war keine gute Idee. Malini wüsste gar nicht, was vor sich ging. Das war nicht in Ordnung.

»Jade, wo bleibst du?«

Jade hatte jetzt richtig Angst. Er würde tun, was er angedroht hatte, auf einmal war sie sich da ganz sicher. Was sollte sie machen? Was konnte sie tun? Was würde Malini denken, wenn sie Bescheid wüsste? Jade versuchte sich vorzustellen, wie ihre Freundinnen reagieren würden, was sie sagen würden. Schluss machen mit Yoram, ganz plötzlich und ohne Vorwarnung?

»Jade, gib Antwort!«

Ihn blockieren? Aber er konnte ihr immer weiter E-Mails schicken. Und er würde dann garantiert ihre Fotos ins Internet stellen, davon war sie überzeugt.

Jade fühlte, wie ihr der Schweiß den Rücken herunterlief. Und das kam nicht nur durch die Hitze im Zimmer.

»Ich habe gerade mit einer Freundin geredet.«

»Ich will dich für mich alleine. Was wir haben, ist so besonders, da darf niemand dazwischen kommen. Klick sie weg.«

Jade gehorchte. Hatte sie eine Wahl? Sie schrieb Malini, dass sie morgen wieder da sein würde.

»Schön. Und jetzt die Cam an. Sei ein gutes Mädchen. Wenn du dein Top auziehst, brauchen deine Eltern nichts zu erfahren.«

Jade verfolgte Yorams Worte auf dem Bildschirm. Dass er seine Cam wieder nicht anhatte, überraschte sie nicht mehr.

15

Am nächsten Tag war sie unruhig und hektisch. An diesem sonnigen Sonntag ging Jade mit Malini, Sacha und Lian zum Baden. Sie lagen auf ihren bunten Handtüchern am knallvollen Sandstrand des Waldbads. So viele Menschen, dachte sie, und so viel nackte Haut. Sie fand das auf einmal nicht mehr normal.

Sie kauten die Jungen durch, die um sie herum lagen. Jade spielte die Rolle der fröhlichen Freundin, die sie ja bis vor Kurzem auch noch gewesen war. Aber sie traute sich nicht richtig, sich umzusehen, sie hatte plötzlich Angst vor den Blicken der Jungen auf ihrem Körper. Sie fühlte sich überhaupt nicht mehr schön.

»Der! Der da! Der ist knackig«, sagte Lian.

»Ein Stück weiter oben liegt auch was Hübsches«, sagte Jade, die unter ihren Wimpern hervorspähte.

Sacha blies sich ein paar Locken aus dem Gesicht. »Ich finde den da viel knuspriger.«

»Das ist nicht dein Ernst!«, reagierte Lian erstaunt. »Der ist so kräftig und hat einen viel zu dicken Hintern, und das bei einem Jungen!«

Sacha lachte. »Das gefällt mir gerade gut. Da hat man was in der Hand.«

Es fiel Jade auf, dass Malini nicht allzu begeistert mitmachte, auch wenn sie sich durchaus umsah. Jade stieß sie an. »Kein Interesse?«

Malini grinste. »Doch, aber eigentlich nur an einem bestimmten Exemplar. Er wird auch noch kommen.«

Malini wurde in letzter Zeit ganz von ihrer Eroberung aus dem *Cool* in Anspruch genommen. Sie hielt ihre Freundinnen ausführlich über ihre Verabredungen auf dem Laufenden. Aber was genau zwischen ihnen lief, wenn sie zusammen waren, erzählte sie nicht. Es würde Jade aber sehr interessieren. Gingen sie sich schon an die Wäsche? Zog Malini sich auch schon aus?

Jade würde jetzt wahnsinnig gerne ihre Freundinnen um Rat fragen. Sie stellte sich vor, wie sie reagieren würden, wenn sie sagen würde: »Hört mal zu, dieser Yoram, der will …« Aber sie traute sich nicht. Also hielt sie den Mund.

Als es in der Sonne zu warm wurde, gingen sie baden. Jade schwamm von ihren Freundinnen weg in die Mitte des Baggersees und drehte sich zu der Menschenmenge am Ufer um. Männer und Frauen, Mädchen und Jungen. Wie viele von ihnen wohl Probleme in ihrer Beziehung hatten? Ob bei denen alles glatt lief? Wollten die denn alle das Gleiche?

Lag es vielleicht an ihr? Hätten andere vielleicht sogar gerne getan, was Yoram verlangte? Wie sollte es jetzt weitergehen? Sie konnte doch nicht immer weiter und weiter machen. So gefiel es ihr nicht! Sollte sie ihn doch blockieren? Aber dann? Was geschah dann? Es gab keinen Ausweg.

Zurück bei ihrem Handtuch, sah sie, dass ihre Gruppe sich vergrößert hatte. Malini alberte mit ihrem Thies herum. Er hatte einen Freund dabei, der sich hauptsächlich mit Lian unterhielt. Zu viert zogen sie los, um Eis zu kaufen, und Jade wechselte einen Blick mit Sacha. Zu dick, zu dünn.

Hatte Yoram eigentlich die Wahrheit gesagt? Fand er sie wirklich hübsch? Musste sie daran jetzt auch zweifeln?

Jetzt, dachte sie, jetzt ist die Gelegenheit. Wenn sie es nur Sacha erzählte, das wäre doch schon etwas.

Oder doch nicht? Sollte sie so tun, als wäre es jemand anderem passiert? Eine hypothetische Geschichte daraus machen? Stell dir mal vor, Sacha, was würdest du tun, wenn …

Nein, Sacha wüsste sofort, dass es ihr selbst passiert war. Hatte Sacha sie nicht gewarnt? »Er ist doch nicht irgend so ein Perversling?« Das hatte sie doch gefragt? Und dann musste sie zugeben, dass ihre Freundin recht gehabt hatte …

Jade schwieg. Einen Sonntag lang. Vielleicht sollte sie ihren Computer nicht mehr anstellen. Aber würde er dann nicht auch die Fotos ins Internet stellen?

Müde radelten sie am späten Nachmittag vom Waldbad nach Hause. Nach dem Essen musste Jade noch ihre Hausaufgaben machen. Es war nicht viel, aber sie brauchte trotzdem eine ganze Weile dafür. Ihre Gedanken fuhren währenddessen Karussell rund um Yoram. Auf einmal kam ihr eine Idee: Wenn sie jetzt verlangte, dass er sich zeigte, und er wirklich jemand anders war, dann wusste sie, dass sie ihn blockieren musste. Dann war es ein falsches Spiel. Aber wenn er doch der Junge von dem Foto war, konnte sie noch einmal versuchen, ihm klarzumachen, dass er sie beleidigt hatte, und dann könnten sie darüber reden. Dann würde sich herausstellen, dass er Probleme hatte. Das hatte er doch erwähnt? Er hatte doch ein Tief gehabt? Dann würde er erzählen, was los war. Es würde irgendeine Erklärung für sein Verhalten geben, und dann wollte sie doch mit ihm weitermachen. Vielleicht.

    Sie loggte sich ein. Yoram war online.

```
SuperSound: kommst du jetzt erst?
Edelstein: ich war mit meinen freundinnen beim baden. und danach noch hausaufgaben
SuperSound: nur mit deinen freundinnen?
Edelstein: es waren zwei jungen dabei
SuperSound: wer war das? du hast doch keinen freund?
Edelstein: die waren nicht meinetwegen da
SuperSound: du hast jetzt mich. und ich habe dich
Edelstein: Yoram,ich habe dich so oft nach deiner webcam gefragt
SuperSound: kabelproblem, echt
Edelstein: ich glaube dir nicht
SuperSound: ach, babe, nicht schon wieder
Edelstein: ich treffe mich nur weiter mit dir, wenn du deine cam anstellst
SuperSound: dann zieh zuerst dein top aus
Edelstein: nein
SuperSound: dann keine cam
Edelstein: na dann nicht
SuperSound: schön, schön, fein, sexy
SuperSound: und deinen rock
Edelstein: nein
SuperSound: dann keine cam
```

```
Edelstein: zeigst du dich dann wirklich?
SuperSound: bist du sicher, dass du das willst?
Edelstein: ja
SuperSound: erst der rock
Edelstein: hab ich gemacht
SuperSound: zeig
SuperSound: die kamera tiefer
SuperSound: schön
SuperSound: und nun den slip ausziehen
Edelstein: NEIN
SuperSound: doch!
Edelstein: NEIN
```

Jade, mit nichts als ihrer Unterhose bekleidet, griff, einem plötzlichen Impuls folgend, zum Headset. Sie sagte jetzt zu ihm, in der festen Überzeugung, dass er sie hören konnte: »Du stellst deine Cam an. Ich weiß genau, dass du eine hast, die ganze Zeit schon hattest du eine. Aber du wolltest dich nicht zeigen. Du bist bestimmt gar nicht Yoram. Oder vielleicht heißt du so, aber du bist ... du bist ...«

SuperSound antwortete unterdessen auf dem Bildschirm: »Du bist schön, wenn du so wütend bist.«

```
Edelstein: shut up! cam an!!!
```

Und Jade rief dazwischen: »Ich habe ein Recht darauf, zu wissen, wer du bist. Ich habe so viel für dich getan. Sieh mich an, hier bin ich ...«
```
SuperSound: ja, ich sehe dich, prachtweib
```

Edelstein: cam an!!!
SuperSound: okay okay

Stand das da wirklich? Würde er es jetzt tun? Ein schwaches Lächeln glitt über Jades verschwitztes Gesicht. Ärgerlich wischte sie sich mit dem Handrücken über die Stirn, schmeckte mit der Zunge Salz auf ihrer Oberlippe. Pff, wie heiß es noch war. Voller Spannung blickte sie auf den Bildschirm. »Wo bleibst du denn?«, rief sie.

Auf einmal war da ein Bild. Jade blinzelte. Was war das? Ihr Herz hatte es eher begriffen als ihr Kopf. Es begann erschrocken zu hämmern, panisch und schnell. Dann drang es auch zu ihrem Gehirn durch. Oder dauerte es einfach eine Weile, weil sie ihren Augen nicht traute?

Sie sah Yoram, oder wer auch immer das sein sollte. Aber sie sah nicht den Jungen von dem Foto. Na ja, vielleicht schon, aber kein Gesicht. Nichts Erkennbares. Und doch wieder, ja.

Auch wenn sie so was noch nie zuvor in echt gesehen hatte, erkannte Jade, was sie da sah. Die Cam war auf seinen nackten Unterleib gerichtet. Seine Hand lag darum. Sie machte ruckartige Bewegungen.

In einem Reflex drückte Jade den Monitorknopf. Das Bild verschwand, der Monitor verdunkelte sich. Sie schlug sich die Hand vor den Mund, ihr drehte sich der Magen um. Nein! Jade sprang panisch auf, schob den Stuhl nach hinten, der mit einem Schlag umfiel, und wollte aus ihrem Zimmer rennen. Oh, sie hatte nichts an! So konnte sie nicht auf den Flur!

Mit zusammengekniffenen Lippen warf sie sich eilig ihr

Schlafshirt über die Schultern und schaffte es gerade noch rechtzeitig zur Toilette.

Was für ein Glück, dass keiner von ihrer Familie in der Nähe war, dachte sie, als sie kurze Zeit später spülte. Sie zog sich ihr T-Shirt an, wusch sich die Hände, spülte sich den Mund aus und lief mit schweren Schritten zurück in ihr Zimmer. Sie warf einen scheuen Blick auf den Bildschirm, als ob sie erwartete, dass das Bild noch dort wäre.

Nein, der Monitor war noch immer dunkel. Aber dieses Bild! Was sie gesehen hatte, war wie auf ihrer Netzhaut eingebrannt! Verdammte Scheiße! Widerlicher, mieser, dreckiger Perversling!, schimpfte sie in Gedanken. Also doch!

Mitten in ihrem Zimmer blieb Jade stehen und wartete. Worauf? Darauf, dass ihr Herz aufhörte zu hämmern? Das würde noch eine Weile dauern. Sie musste etwas tun!

Auf einmal fror sie. Sie zog den Stoff ihres T-Shirts etwas enger um sich. Dann zog sie den Stecker vom Computer aus der Steckdose. Durfte man nicht, das wusste sie schon, aber dies war ein Notfall. Sie wollte kein Risiko eingehen, dass er noch da war. Sie steckte den Stecker wieder ein, fuhr den Computer erneut hoch, ging in MSN und blockierte Yoram.

Kein Yoram mehr. Nie mehr Yoram.

Und jetzt? Sie blickte auf die Uhr. Sie würde unten nicht Bescheid sagen, dass sie schon ins Bett ging. Das merkten sie von selbst. Wenn sie ihre Mutter sah, fing sie garantiert an zu heulen, und dann musste sie alles erzählen … Als sie ins Bad ging, um sich die Zähne zu putzen, war sie sich bereits sicher: Sie konnte zwar sagen, nie mehr Yoram, aber wahrscheinlich war sie ihn noch nicht los.

Sie kroch unter ihre Bettdecke, aber das war viel zu warm. Sie zog die Decke ab, doch sogar der dünne Bettbezug war zu warm. Sie schob ihn mit den Füßen nach unten. Hilfe, es war wirklich heiß. Shirt aus? Nein, bloß nicht ausziehen. Dann lieber zu warm. Sie drehte sich von der einen Seite auf die andere. Wühlte. Grübelte.

Was nun? Was würde er tun? Tauchten die Fotos jetzt im Internet auf? Was schickte er an ihre Eltern? An die Schule? Sollte sie nicht wieder Kontakt aufnehmen? Und dann weitermachen, um all das zu verhindern?

Aber dann sah sie die Bilder wieder vor sich, das widerliche Ruckeln.

Es jemandem erzählen? Das brachte sie nie im Leben!

16

Nach einer schlaflosen Nacht aufmerksam dem Unterricht zu folgen, war nicht ohne. Wie ein Zombie ließ Jade sich an diesem Montag in der Schule von Sacha mitziehen, die bald besorgt fragte, was los war.

Jade hatte ihre Antwort schon vorbereitet. »Nichts Besonderes, schlecht geschlafen. Komm mit der Hitze nicht klar. Du weißt schon.«

Auch in der Schule war es heiß, aber noch viel mehr belastete sie das Bild, das ihr nicht aus dem Kopf gehen wollte. Sie sah es an der Tafel hängen, sie sah es in ihren Schulbüchern, sie sah es vor sich, wenn sie in der Schulmensa vor sich hin starrte.

Jade lief Sacha von Unterrichtsstunde zu Unterrichtsstunde hinterher. Zum Glück hatten sie die gleichen Fächer, dachte sie. Sie versuchte, sich auf den Unterricht zu konzentrieren, wurde aber immer wieder von der einen Frage abgelenkt: Was würde Yoram jetzt tun?

Die Hitze war eine gute Ausrede, als Malini in der Pause fragte, was mit ihr los war.

Sie traute sich am Nachmittag nicht nach Hause, aus Angst, dass ihre Mutter sie mit der Frage erwarten würde: »Was hast du getan? Wo kommen diese schrecklichen Fotos her?«

Darum ging sie mit Sacha mit, Hausaufgaben machen und für Klassenarbeiten lernen. Es war die letzte Unterrichtswoche, es hätte kaum schlimmer kommen können: jeden Tag Abschlussarbeiten! So war das eben bei ihnen. Aber so schlapp, wie sie sich durch die anhaltende Hitze fühlten, kamen sie zu nichts – außer dazu, Eiswürfel vor dem Fernseher zu lutschen. Jade rief ihre Eltern an und fragte, ob sie bei Sacha zum Essen bleiben durfte.

Wieder ein kleiner Aufschub.

Am Abend setzten sie sich bei Sacha in den Garten, um zu lernen, und zum ersten Mal an diesem Tag gelang es Jade, Yoram für eine Weile aus ihrem Kopf zu kriegen.

Aber dann war doch der Moment gekommen, als sie nach Hause gehen musste. Mit klopfendem Herzen betrat sie das Haus, und oben an der Treppe keuchte sie, als ob sie gerannt wäre. Sie streckte ihren Kopf ins Wohnzimmer.

»Hallo, da bin ich wieder.«

»Tag, Jade, war es schön?«

Zu ihrer großen Erleichterung gab sich ihre Mutter mit einem gemurmelten »Hm« zufrieden. Jade ging nach oben. Vor ihrer eigenen Zimmertür zögerte sie einen Moment. In ihrem Zimmer stand ihr Computer, und in diesem Computer ... Vorsichtig ging sie ins Zimmer, als ob sie erwartete, dass Yoram wieder zu sehen sein würde, aber natürlich war der Bildschirm nur ein großer schwarzer Fleck.

Sie vermied es, zum Computer zu schauen, geschweige denn, ihn anzustellen. Oder sollte sie genau das tun? Sollte sie jetzt nachschauen, ob er ihr geschrieben hatte, was er jetzt tun würde?

Nein, sie brachte es nicht über sich. Sie war müde. Sie wollte nichts mehr mit ihm zu tun haben.

Sie zog sich aus, warf die Klamotten von sich und flüchtete sich ins Bett. Ihr Rock war auf dem Computerbildschirm gelandet. Sollte er doch da liegen. So war der Computer wenigstens kaum zu sehen.

Am nächsten Tag in der Schule wagte sie kaum aufzusehen, als sie den Gang entlanglief. Jetzt konnte es passieren, jemand würde sie ansprechen: »He, Jade, ich habe da ein sehr interessantes Foto von dir im Internet gesehen!«

Oder die Jungen würden pfeifen, wenn sie an ihr vorbeigingen. Oder sie würde zum Direktor gerufen werden: »Da ist ein Foto von dir auf der Website der Schule. Und dieses Foto ist …« Jade wagte nicht einmal, sich das Gespräch vorzustellen.

Aber es blieb beängstigend still. Jade begann immer mehr zu schwitzen. In jeder Pause sprühte sie sich Deo unter die Achseln. Oder lag das Schwitzen am Wetter? Die Temperatur stieg noch weiter, und es wurde richtig drückend.

Aber an diesem Dienstag sprach niemand sie an, und am Mittwoch auch nicht. Sie waren noch in der Schule, als sich der Himmel auf einmal verdunkelte. Der erste Donner war ohrenbetäubend, und sie schossen alle gemeinsam zum Fenster. Aufgeregt betrachteten sie das gewaltige Schauspiel aus Regen, Donnerwolken und Blitzen. Von Unterricht konnte keine Rede mehr sein. Zum ersten Mal in ihrem Leben hatte Jade keine Angst vor Gewitter, auch wenn dieses Unwetter sich direkt über ihrem Kopf abspielte. Was war das schon im Vergleich zu dem anderen Unwetter, das sich über ihr zusammenbraute? Hinterher hatte es sich zum Glück ein bisschen abgekühlt.

Die ganze Woche ging Jade mit zu Sacha, um zu lernen.

Bei ihr konnte sie sich am besten konzentrieren. Aber der zweite Grund war, dass sie dort keine Angst vor Fragen zu irgendwelchen Fotos hatte. Sacha wollte auch nicht wissen, warum sie nicht online war, weil sie ja ständig bei ihr war, aber Malini und Lian stellten diese Frage in einer Schulpause durchaus.

»Keine Zeit! Ich war die ganze Woche bei Sacha zum Lernen«, sagte Jade schnell.

»Und bist du auch nicht mehr in der Community?«, fragte Malini. »Hast du gesehen, dass SuperSound dich bittet, Kontakt aufzunehmen?«

»Oh, echt?« Hilfe! Jade merkte, wie ihr der Schweiß ausbrach. Was sollte sie sagen? »Nein, ich habe zu viel Stress mit Lernen. Aber danke für den Tipp. Ich bin heute Abend bestimmt wieder online. Und sonst morgen.«

Aber das hatte sie ganz sicher nicht vor! Nie wieder wollte sie online sein!

Als ihre Freundinnen das Thema wechselten, fiel Jade ein, dass sie in der nächsten Woche keine Ausreden mehr haben würde. Dann hatten sie frei! Nur noch der Sporttag am Montag, und dann waren Ferien! Dann war sie den ganzen Tag zu Hause, spätestens dann würde es sehr merkwürdig aussehen, wenn sie ihren Computer ignorierte. Wie sollte das in der nächsten Woche laufen? Welche Ausrede klang glaubwürdig?

Und ... wie sollte sie all die Tage ohne ihren Computer überstehen?

Während des Lernens wollte sie nichts lieber, als Sacha alles erzählen. Aber sie traute sich noch immer nicht. Sie saß mit gebeugtem Kopf über ihrem Buch und dachte an all das, was geschehen war. Sie schämte sich zu Tode. Himmel! Was für ein Drama! Sie konnte über ihre Probleme nicht einmal reden!

Und jedes Mal ging sie mit zitternden Knien von Sacha nach Hause. Wagte sich kaum die Treppe rauf, aus Angst, dass ihre Mutter dort stehen würde: »Jade! Was hast du gemacht! Wie konntest du nur?!«

Und dann kam sie in ihr Zimmer mit dem schweigenden Computer. Welche Bedrohung hielt er in seinem Innersten verborgen? Welche Bilder? Welche Worte? Jade spürte, wie ihr die Tränen kamen. Yoram hatte ihr eigentlich viel mehr angetan! Ihr Zimmer war kein gemütlicher Ort mehr mit diesem elenden Computer, und sie konnte nicht mehr in MSN gehen! Sie vermisste ihre Freundinnen! Sie war ganz und gar allein! Oh, wie hatte sie nur so dumm sein können! Wie sehr sie das bereute?!

Oder sollte sie einfach doch in MSN gehen? Da konnte er ihr nichts tun. Sie würde alle eingehenden Mails ignorieren. Aber sie konnte sich nicht dazu durchringen. Irgendwie brachte sie es nicht über sich. Wenn sie doch nur einen anderen Computer kaufen könnte. Ach was. Auch dann konnten die Fotos im Internet stehen.

Sollte sie danach suchen? Google: Jade, Bilder. Dann hatte sie Gewissheit. Nein, sie wollte es nicht wissen. Und wer sagte, dass sie unter ihrem eigenen Namen eingestellt waren?

Sie nahm das grüne Heft und las es ganz durch. Sie konnte nicht begreifen, dass dies derselbe Yoram war. War er tatsächlich derselbe? Sie würde es nie erfahren. An irgendeiner Stelle war da etwas ganz heftig schiefgegangen.

Sollte sie das Heft wegwerfen? Nein, das ging ihr zu weit. Die Worte waren zu schön. Aber sie steckte es gut weg. Fürs Erste wollte sie es nicht mehr sehen.

Der Donnerstag ging vorbei. Sie musste babysitten. Sie probierte aus, ob auf dem Computer von Jan und Monica MSN installiert war. Dann hätte sie ein bisschen quatschen können. Aber das war leider nicht der Fall.
Der Freitag ging vorbei. Ihre Eltern sagten nichts. Bedeutete das, dass alles in Ordnung war? Hatte er seine Drohungen nicht wahr gemacht? Jade schrieb ihre letzte Prüfung, und sie gingen mit der ganzen Klasse ins Café, um das zu feiern. Zum ersten Mal in dieser Woche schaffte es Jade, sich zu entspannen.

17

Unruhig geisterte Jade durch das Wochenende. Sie half ihrer Mutter beim Saubermachen und beim Einkaufen, aber danach wusste sie nicht weiter. Was sollte sie tun? Sie putzte auch ihr eigenes Zimmer und räumte gründlich auf. Danach stellte sie ihre Möbel um: den Schreibtisch in eine andere Ecke, den Schrank auf die andere Seite. Neue Poster hängte sie auch an die Wand. Am Abend saß sie in ihrem sauberen, neu eingerichteten Zimmer und wusste wieder nicht, was sie noch tun sollte. Sie hatte irgendwann alle Zeitschriften gelesen. Vielleicht fernsehen?

Ihre Mutter hatte sie schon die ganze Woche so seltsam angesehen, aber sie sagte nur: »Schön, dass du wieder mal unten sitzt.« Und kurze Zeit später: »Ich hör dir zu, wenn du erzählen möchtest, was dich bedrückt.«

Am Sonntag war sie richtig genervt davon, sich irgendetwas ausdenken zu müssen, um die Zeit totzuschlagen. Sie hatte das Gefühl, dass sie wartete, aber worauf? Darauf, dass das Schreckliche geschah?

Jade seufzte, fühlte sich schlapp. Hatte sie sich je zuvor so einsam gefühlt? Sie behielt ihre Eltern genau im Auge: Wann würden sie sich an den Computer setzen?

Gegen Mittag hielt Jade es nicht mehr aus. Sie sprang auf und sagte: »Ich gehe mal kurz zu Sacha, okay?«

Als sie draußen stand, merkte sie, dass sie das eigentlich überhaupt nicht wollte. Und auch zu Malini wollte sie nicht. Vielleicht zu Lian? Die war immer so ruhig und unerschütterlich. Aber nein, sie wollte nicht das Risiko eingehen, dass eine ihrer Freundinnen sie ausfragte. Dann würde sie es nicht mehr für sich behalten können. Sie musste also einfach abwarten, bis etwas geschah. Oder vielleicht ging es ja auch einfach so vorbei, alles.

Hetty! Sie könnte kurz bei ihrer Oma vorbeigehen. Nicht, um darüber zu reden, sondern einfach, um mit jemandem zu quatschen, einfach so über dieses und jenes.

Sie war zu Hause, zum Glück. Jade ließ sich aufs Sofa fallen und begann, aufgeräumt zu plaudern. Hetty schenkte etwas zu trinken ein und hörte zu, während sie ab und zu etwas fragte, um dem Wortschwall folgen zu können. Auf einmal sagte sie: »Und jetzt erzähl mal, warum du wirklich gekommen bist.«

Jade wurde still. »Äh ... ich bin nur so gekommen. Das mache ich doch immer.«

»Aber heute nicht. Heute ist es anders. Heute ...«

Jade fiel ihr ins Wort. »Nein, ehrlich, es ist nichts. Ich bin einfach nur so froh, dass die Schule vorbei ist, dass die Ferien anfangen. Ich denke, dass ich die Arbeiten ganz gut hinbekommen habe, und dann habe ich nächstes Jahr Abschlussprüfung! Stell dir vor, danach kann ich eine Ausbildung machen! Ich hatte das Gefühl, mal eben rauszumüssen, ich dachte ...«

Aber jetzt unterbrach Hetty sie. »Es ist also doch was?«

»Nein, wieso?«

Jade erkannte verzweifelt, dass sie lieber nicht hergekommen wäre. Hetty durchschaute sie!

»Du bestreitest es so vehement, dass ich geneigt bin, das Gegenteil zu glauben.«

Jade biss sich auf die Lippen, die verdächtig zu zittern begannen. Auf einmal war sie müde, so müde. Hetty setzte sich neben sie und legte den Arm um sie. Tja, dagegen kam sie nicht an. Ehe sie es sich versah, strömten ihr die Tränen über die Wangen.

»Ist in Ordnung, Mädchen, wein ruhig. Das wird dir guttun. Nur zu, wein dich aus, alles wird gut.«

»Nein!«, schrie Jade plötzlich. »Nichts wird gut! Oh, ich bin so blöd gewesen!«

Jetzt musste sie es erzählen. Aber erst musste sie sich ein bisschen zusammenreißen, denn Hetty verstand kein Wort. Dann erzählte Jade die ganze Geschichte von Beginn an bis zum letzten, schwierigen Stück.

Ihre Oma sagte zuerst nichts. Sie stand auf, und Jade folgte ihrer Oma mit den Augen, als diese noch einmal Saft nachschenkte. Sie setzte sich wieder neben Jade aufs Sofa und sagte schließlich: »So, das war eine beeindruckende Geschichte.«

Jade konnte nichts dagegen tun, sie musste kurz lächeln. Sie fühlte sich schon etwas ruhiger, jetzt, wo sie alles erzählt hatte.

»Du hattest also etwas mit diesem Jungen?«

»Ja, so könnte man es nennen.«

»Eine Beziehung via Internet? Man kann also auch über das Internet mit jemandem zusammen sein?«

»Ja, das ist heutzutage echt nicht ungewöhnlich. Wir machen alles in MSN. Das kannst du vielleicht nicht nachvollziehen.«

»Nein, aber ich kann sehr wohl nachvollziehen, dass man auch dann respektvoll miteinander umgehen muss. Man darf sich gegenseitig zu nichts zwingen. Wenn du etwas nicht willst, dann muss er das akzeptieren.«

Jade schwieg. Das klang vollkommen logisch.

»Aber du hast ihn noch nie wirklich getroffen?«

Jade schüttelte den Kopf. »Wir hatten uns noch nicht verabredet. Zum Glück nicht.« Allein die Vorstellung, dass sie das getan hätten …

»Und du weißt nicht, wie er heißt und wo er wohnt und so weiter.«

Wieder schüttelte sie den Kopf.

»Das ist ärgerlich.«

»Warum?«

Aber Hetty überlegte. »Er ist zu weit gegangen. Was er getan hat, ist nicht in Ordnung, Jade«, sagte sie.

»Es ist meine eigene Schuld«, murmelte Jade.

»Was?« Ihre Oma setzte sich auf. Sie nahm Jades Hand in ihre. »Nein! Sag das nicht!«, sagte sie mit Nachdruck. »Du warst vielleicht naiv, du hast nicht richtig über die Folgen nachgedacht, aber es ist nicht deine Schuld!«

Das brachte Jade durcheinander. »Aber ich habe mich ausgezogen …«

»Ja, er hat dich so weit gebracht, mit verführerischen Worten! Du hast selbst gesagt, dass du verliebt warst, und verliebte Menschen können nicht klar denken. Aber danach hat er dich gezwungen, Dinge zu tun, die du nicht wolltest! Du hast immer das Recht, Nein zu sagen, und das hat er nicht akzeptiert.« Hetty stand auf und begann durch das Zimmer zu laufen. »In jeder Beziehung ist es wichtig,

Respekt voreinander zu haben. Also auch in euren Internetbeziehungen. Das ist nicht anders als im echten Leben. Man darf niemanden zwingen.«

Ihre Stimme klang streng, und Jade hörte die Wut, die sich dahinter verbarg, aber verrückterweise erleichterte sie das. Hetty war zwar wütend, aber nicht auf sie! Oder? Zur Sicherheit fragte sie: »Bist du böse auf mich?«

»Nein, auf diesen Jungen! Du hast eine schlimme Erfahrung gemacht, und daran ist er schuld!« Ihre Augen feuerten Blitze ab.

»Was soll ich jetzt tun?«, fragte Jade leise.

Ihre Oma setzte sich wieder hin. »Ich weiß es nicht«, seufzte sie. »Ich kenne mich da nicht gut aus.«

Es blieb einen Moment still. Dann sagte sie: »Weißt du, was ich oft gedacht habe? Dass ich sehr froh bin, dass ich mit Sex nie üble Dinge erlebt habe. Ich bin nie zu etwas gezwungen worden, ich bin nie sexuell belästigt worden, nie vergewaltigt. Ich stelle mir das schrecklich vor.«

Sie zögerte, und Jade hielt den Atem an.

»Kannst du ihn nicht anzeigen?«, fragte Hetty nach einer Weile.

»Anzeigen?«

»Wenn du sexuell belästigt wurdest, kannst du bei der Polizei Anzeige erstatten. Warum nicht in diesem Fall? Ist das nicht das Gleiche? Und dazu kommt noch, dass er dich erpresst hat.«

Polizei, Anzeige? Die Worte machten Jade ein bisschen Angst. Das machte es nur noch schlimmer. Sie atmete hörbar aus. »Ich habe keinen Namen, keine Adresse. Ich weiß also eigentlich nichts über ihn.«

»Er heißt doch Yoram?«

»Aber in Wirklichkeit heißt er natürlich anders. Jeder hat heutzutage einen Nickname, und ich habe nur seine E-Mail-Adresse.« Dann fügte sie zögernd hinzu: »Ich bin einfach nur schrecklich erschrocken.«

Warum sagte sie das jetzt? Wollte sie alles ein bisschen abschwächen? Weil Hetty mit der Anzeige angefangen hatte? Das klang so ernsthaft, so gewitterschwer. Eigentlich wollte sie nur, dass es aufhörte und dass sie wieder normal in MSN gehen konnte.

»Er hat Grenzen überschritten«, sagte ihre Oma sanft. »Das ist eine Art von Missbrauch. Missbrauch durch das Medium Internet. Und wenn er wirklich diese Fotos ins Internet gestellt hat, hast du auch Beweise dafür.«

Jade wusste nicht, was sie sagen sollte, und dachte an all die Dinge, die sich daraus ergeben konnten.

»Wissen deine Freundinnen davon? Wissen die nicht, was du tun kannst?«

Jade spürte, wie ihre Wangen heiß wurden. »Ich schäme mich so ...«, sagte sie leise.

Hetty streichelte sanft mit dem Finger über ihr rotes Gesicht. »Du hast es mir doch jetzt auch erzählt.«

Jade kam ein Gedanke, der sie erschreckte. »Du sagst nichts zu Mama und Papa, oder?«

»Nein, natürlich nicht. Aber vielleicht solltest du das selber tun?«

Jade schüttelte wild den Kopf. »Nein! Das traue ich mich niemals!«

»Es muss ja nicht sofort sein«, sagte Hetty. »Denk darüber nach.«

18

Jade stand an der Seitenlinie des Sportplatzes und feuerte ihre Teamkollegen beim Softballspielen an. Sie waren am Schlag, und wenn jetzt Moustafa und Nadia punkteten, führten sie. Dann hatten sie alle bisherigen Spiele gewonnen.

Die Gegner standen in gelben Trikots im Feld bereit, die Softballhandschuhe in die Luft gestreckt. Lian war am Schlag. Vielleicht gelang ihr wieder so ein schöner Homerun.

Lian war ein As in Sport. Sie stand breitbeinig da, den Schläger schräg hinter sich, genau wie es sein sollte. Der Pitcher warf den Ball, und genau im passenden Moment kam Lians Schlagholz in Aktion. Plok! Mit einem gezielten Schlag flog der Ball hoch durch die Luft.

»Ja! Lian! Rennen!« Sie jubelten, als sie sahen, wie die Gegnerin den Ball verpasste und ihm nachlaufen musste. Moustafa kam herein, Nadia auch, und Lian sprintete durch. Der Ball war jetzt auf dem Rückweg. Jade schrie sich die Lunge aus dem Leib. Yes! Lian hatte es geschafft. In letzter Sekunde!

Überall um sie herum hörte man das Geschrei der anfeuernden Teams. Der große Schulsportplatz war in mehrere Softballfelder aufgeteilt, in denen alle Neuntklässler in gemischt zusammengestellten Teams ihren Sporttag hatten. Jade war mit Lian in einem Team, ansonsten mit Schülern aus der Parallelklasse.

Es war bewölkt an diesem Tag, aber nicht kalt. Wenn sie nicht spielten, saßen die Schüler in Gruppen am Rande des Sportplatzes zusammen, oder sie feuerten ihre Klassenkameraden an.

Malini und Lian waren gleich zu Beginn des Sporttags empört auf sie zu gekommen. »Was machst du denn bloß die ganze Zeit? Du lässt dich nicht blicken, du bist nicht in MSN, du reagierst nicht auf unsere SMS. Was soll denn das?«

Jade sah ihre Freundinnen ein bisschen unglücklich an, die absolut nicht begriffen, was hinter ihrem Verhalten vom Wochenende steckte, und dachte über eine glaubwürdige Erklärung nach.

»Mann, wir haben Ferien!«, fuhren sie fort. »Und du versteckst dich! Hast du vielleicht eine heimliche Flamme, von der wir nichts wissen dürfen? Dieser Yoram vielleicht, mit dem du immer chattest? Er ist der Grund, oder?«

Sacha gesellte sich zu ihnen. Auch mit ihr hatte Jade das ganze Wochenende über keinen Kontakt gehabt. Dass Jade tatsächlich jeden Tag an Yoram gedacht hatte, konnte sie jetzt nicht einfach so sagen.

Sie zuckte mit den Schultern. »Nein, echt nicht«, leugnete sie. »Ich bin einfach eine Weile nicht zu sprechen, versteht ihr, für niemanden. Time-out. Ein bisschen mit mir alleine sein. Das wird schon wieder.«

Ihre Freundinnen fanden das ziemlich merkwürdig, das zeigten sie deutlich. Sie schauten ständig in ihre Richtung, als die Spiele begannen. Und auch andere Schüler warfen ihr merkwürdige Blicke zu. Oder bildete sie sich das nur ein?

Jade biss gerade in ihren Apfel, als wieder jemand mit so einem auffällig eindeutigen Blick in den Augen vorbeiging.

Nein, oder? Jade fror auf einmal. Sie stand auf und ging in die Umkleidekabine, um ihren Pullover zu holen. Als sie zurückkam, hatte sie das Gefühl, dass alle sie anstarrten und über sie redeten. Das konnte nur eins bedeuten ...

Was nun? Sie setzte sich nicht zu ihren Teamkameraden, sie blieb alleine am Rand des Sportplatzes stehen, bis ihr zugerufen wurde, dass sie wieder spielen musste. Ihr lief der Schweiß den Rücken herab wegen der Bemerkungen, die sie wahrscheinlich erwarteten, wenn sie zu ihrem Team ging, aber niemand sagte etwas. Wagten sie nicht, es ihr direkt ins Gesicht zu sagen?

Es war schließlich ein Junge aus der Parallelklasse, der es laut zu ihr sagte: »Schöne Fotos, Jade!« Er grinste breit. Und ein anderer rief: »Ja, echt steil!«

Es wurde gekichert. Jade war nicht länger konzentriert und verfehlte einen Ball nach dem anderen. Im nächsten Spiel patzte sie drei Mal. Ihre Mannschaft begann zu meckern. Sie standen so gut da, und jetzt sollte Jade es gefälligst nicht versauen!

Jade konnte spüren, dass die Neuigkeit auf dem Sportplatz wie ein Lauffeuer umging. Die seltsamen Blicke und zweideutigen Frotzeleien häuften sich. Die Jungen: »He, Babe! Du bist super getroffen!« Und »Hast ja richtig Karriere gemacht!« Oder: »Schöne Titten, echt!« Und sie starrten auf ihre Brüste.

Und die Mädchen: »Du hast Mumm!« Aber auch: »Also echt, das du so was machst!«

Jade fühlte sich immer elender. Jetzt war es nur noch eine Frage der Zeit, bis die Neuigkeiten ihre Freundinnen erreichten.

Jades Mannschaft wurde letztendlich zweite. Nicht schlecht, fand Jade. Aber Lian rief: »Wir hätten gewinnen können!«

Aus dem Automat in der Mensa holten sie sich Cola, mit der sie sich auf den Sportplatz setzten. Einen Moment wollten sie sich ausruhen und dann duschen. Jemand sagte etwas zu Lian. Es wurde unterdrückt gelacht. Lian sah erstaunt zu ihr, machte den Mund auf und zu. Da kamen Malini und Sacha. Lian winkte sie zu sich, flüsterte ihnen etwas ins Ohr, und dann schauten sie alle drei zu Jade. Sie hielt es nicht mehr aus. Sie stand auf und ging duschen.

Kurz darauf kamen Lian, Malini und Sacha dazu. Auch sie schlüpften unter die Dusche. Sie hatten noch den Schaum in den Haaren, als Malini sagte: »Stimmt das, was wir gehört haben?«

Es waren zu viele andere um sie herum. Das kapierten die drei auch. Jade zuckte nur mit den Schultern. Aber nach dem Duschen ließen sie sich zu viert auf dem Gras nieder, möglichst weit weg von allen anderen.

Malini stellte die Frage: »Was sind das für Fotos, von denen jeder spricht?«

»Was genau habt ihr gehört?«, fragt Jade vorsichtig.

»Sexy Fotos, nackter Busen, sexy Look«, sagte Malini. »Und solche Fotos habe ich nicht gemacht.«

Jade seufzte. »Yoram«, flüsterte sie dann.

»Yoram?«, fragten alle drei gleichzeitig.

Nun musste Jade alles erzählen. Sie ließ nichts weg, berichtete genau, was passiert war. »Und diese Fotos«, schloss Jade, »das sind Aufnahmen der Cam. Oder neue Bearbeitungen der Fotos, die ich ihm geschickt habe. Ich weiß es nicht, ich habe sie ja selbst nicht gesehen. Ich wusste nur, dass er sie ins Internet stellen wird. Und das hat er jetzt wohl getan.«

»Oh Gott, was für eine Arschgeige«, rief Malini empört.

»Wie übel für dich«, sagte Lian.

»Gute Aktion, ihn zu blockieren«, fand Sacha.

Jade kniff die Lippen zusammen. »Wie man's nimmt, dieser Aktion habe ich nun die Fotos zu verdanken.«

»Er hat dich also erpresst?«, fragte Lian.

»Ja, darum habe ich zunächst immer weitergemacht.«

»Und wie lange belastet dich das schon? Schon die ganze Woche?«, wollte Sacha wissen.

Jade nickte.

»Warum hast du nichts gesagt?« Malini stellte die nächste Frage.

»Ich habe mich zu Tode geschämt. Ich habe ja selber ziemlichen Mist gebaut.«

»Na, da bin ich mir aber nicht so sicher«, sagte Malini scharf. »Er hat sich falsch verhalten.«

»Das ist so eine unglaubliche Sauerei«, sagte Sacha.

Lian fragte: »Was weißt du eigentlich über ihn?«

»Ja«, sagte Malini, »wer ist er? Ist er jung, alt? Was hast du von ihm gesehen? Hat er Fettröllchen? Waschbrettbauch? Dann ist er noch jung.«

Sacha verpasste Malini einen Stoß mit dem Ellenbogen. »Jung und schlank ist nicht immer das Gleiche«, sagte sie etwas gereizt.

»Ich weiß nicht wirklich viel«, sagte Jade. »Ich schätze, dass er etwa siebzehn, achtzehn ist, aber vielleicht hat er auch nur so getan, als ob er in dem Alter ist. In der Community hat er zwar Fotos stehen, aber da kann auch jemand anderes drauf sein, genau wie auf den Fotos, die ich euch gezeigt habe, von Yoram im Segelboot. Und ansonsten ... äh ... er wohnt im Großraum Amsterdam. Geht aufs Gymnasium.« Jade schwieg. Vage, alles in allem. Sie wusste nichts über ihn, nichts Konkretes. »Tja, das ist alles«, schloss sie. »Er könnte jeder x-Beliebige sein. Ich habe seine E-Mail-Adresse ...«

»Er hat inzwischen natürlich längst eine neue«, gab Lian zu bedenken.

Jade sagte: »Ich weiß es nicht. Ich habe die ganze Woche lang keinen Computer angefasst.«

»Wie konntest du das bloß tun?«, fragte Sacha da. »Ich meine ...«

Jade sah sie an. Sachas Gesichtsausdruck war eher besorgt als vorwurfsvoll. Aus Jade brach es plötzlich heraus: »Ja, aber im Fernsehen? Da ist auch so viel nackte Haut! Erinnert ihr euch, dass wir letztens mal darüber geredet haben?«

»Darum musst du es noch lange nicht machen!«

»Woher sollte ich denn wissen, dass er so drauf ist«, verteidigte sich Jade. »Es war zuerst wirklich ganz besonders und spannend.«

»Ja«, sagte Malini da plötzlich, »ich habe auch einmal so was Schmutziges vor der Webcam gemacht.« Sie kicherte. »Rein für den Kick, weil es spannend ist. Es muss nicht schiefgehen, es kann auch einfach nur Spaß machen.«

Alle drei sahen sie an. »Und ich bin übrigens nicht die Einzige«, fügte sie noch hinzu.

»Warum geht es bei mir schief?«, fragte Jade.

»Du hattest einfach Pech mit Yoram«, sagte Malini.

»Wusstest du denn«, fragte Sacha sie, »dass man die Bilder von der Webcam abspeichern kann?«

Malinis Gesichtsfarbe schien ein bisschen dunkler zu werden. »Nein, das wusste ich nicht«, sagte sie ehrlich.

Lian sah Jade an. »Was wirst du jetzt tun?«

Jade zuckte mit den Schultern. »Nichts, schätze ich. Ich habe viel zu große Angst. Bald weiß es jeder.«

»Wenn er dich von jetzt an in Ruhe lässt, ist doch alles in Ordnung?«, sagte Malini. »Aus. Schluss. Ende.«

»Und lass das mit den Fotos nicht so an dich rankommen«, riet ihr Lian.

Und Malini fügte hinzu: »Im Internet ist so viel nackte Haut zu sehen.«

»Aber wenn es mehr Fotos werden?«, fragte Sacha.

Jade holte tief Luft. Sie durfte gar nicht daran denken. Und wenn sie doch Anzeige erstattete, wie Hetty gesagt hatte? Davon erzählte sie lieber gar nicht erst. Nachher fanden ihre Freundinnen auch, dass es eine gute Idee war, und dann musste sie das durchziehen. Sie wollte einfach nur, dass es vorbei war. Aus, Schluss, Ende, wie Malini gesagt hatte. Damit sie wieder ganz normal leben konnte.

»Also, wir halten auf jeden Fall für dich die Augen offen«, sagte Sacha. »Wir werden uns diese Site mal anschauen.«

»Blöde Typen«, murmelte Lian. »Jungen und Sex und Beziehungen. So sollte das nicht laufen.«

Nein, dachte Jade, aber wie sollte es denn laufen?

19

Und so fingen die Ferien an, auch wenn das Feriengefühl ausblieb. Natürlich mussten sie noch ihre Bücher abgeben und ihr Zeugnis abholen, aber sie hatten im Prinzip schon frei. Und Jades Ferienjob im Altersheim ging erst in zwei Wochen los.

Wenn sie kein Feriengefühl hatte, was fühlte sie denn dann? Leere. Trauer. Wut. Sie fühlte sich betrogen und zum Narren gehalten. Ihre Freundinnen hatten sich alle drei die Site angeschaut, auf der die Fotos eingestellt waren, aber Jade hatte sie nicht sehen wollen. Sie konnte sich schon vorstellen, wie nackt sie darauf war. Auf der Schul-Website war nichts zu sehen. Laut Malini ging das auch nicht; Sites von Schulen waren viel zu gut gesichert. Sonst könnte ja jeder kommen und da irgendwas einstellen.

»Aber diese Hacker, oder wie heißen die?«, hatte Jade eingeworfen. »Die kommen doch überall rein? Woher willst du wissen, wie gut Yoram mit dem Computer umgehen kann?«

Vielleicht nicht ganz so gut, wie sie zuerst gedacht hatte? Auch ihre Eltern hatten noch immer nichts bekommen. Hatte Yoram das mit der Ballettschule und dem Friseursalon vergessen? Er wusste, in welcher Stadt sie wohnte, da konnte er doch ganz einfach im Internet ihre Adresse nachschauen. Oder hatte sie nie erwähnt, dass ihr Vater ein eigenes Geschäft besaß? Sie war sich sicher, dass er von der

Ballettschule ihrer Mutter wusste. Und es gab nur zwei Ballettschulen in der Stadt. Oder wartete er damit noch ab? Jade wusste es nicht, aber es blieb die Angst, dass ihre Eltern die Fotos zu sehen bekommen würden oder etwas darüber erfuhren. Jade dachte an die Worte ihres Vaters, als sie ihnen ihr Profil gezeigt hatte: »Jade geht hiermit wirklich vernünftig um.«

Wohl doch nicht. Darum brachte sie es nicht über sich, ihnen etwas zu erzählen.

Eigentlich war es eine riesige Erleichterung, dass ihre Freundinnen Bescheid wussten, auch wenn Jade noch immer keinen Computer angefasst hatte. Zumindest nicht ihren eigenen. Sie saß schon manchmal bei Malini, Lian oder Sacha am Computer. Alle drei, unabhängig voneinander, aber auch in gemeinsamen Vorstößen, versuchten, sie zu überreden, etwas zu unternehmen, vor allem, als sich herausstellte, dass neue Fotos im Internet standen. Von den Beschreibungen her glaubte Jade genau zu wissen, von welchem Abend sie stammten. Vom letzten Mal.

Zu ihrem großen Schrecken erzählten ihre Freundinnen ihr, dass jetzt Text dabeistand: »Hast du Lust auf einen schönen Abend? Dann mail ...« Und da hatte ihre E-Mail-Adresse gestanden.

Aber was sollte sie tun? Wie sollte sie aktiv werden? Wie konnte sie die Fotos da wegkriegen? Ihr Computer blieb aus, sie wollte auf keinen Fall ihren Mail-Account sehen. Und wie konnte sie es verhindern, dass immer wieder neue Fotos auftauchten? Wie konnte sie das stoppen?

Das wussten ihre Freundinnen auch nicht genau.

»Vielleicht kennt sich jemand in der Schule damit aus?«, fragten sie sich.

Aber eigentlich wollte Jade nichts erzählen und nichts unternehmen. Sie hatte Angst. Angst vor dem, was kommen würde. Angst vor Schlimmerem. Sie war so froh, dass die Schule vorbei war! Wenn sie sich vorstellte …

So brauchte sie sich nicht all die Kommentare anzuhören. Jetzt stand sie nicht am Pranger der ganzen Schule. Der Sporttag war schon schlimm genug gewesen.

Als sie in ihrem Zimmer war, setzte sie sich auf ihren Schreibtischstuhl. Sie starrte auf den schwarzen Bildschirm und überlegte. Sollte sie ihn anstellen? Oder doch nicht? Ja? Nein? Sie könnte alle Mails von Unbekannten ungelesen löschen und nur … Vielleicht war ja auch eine ganz liebe Mail mit Entschuldigungen und einer Erklärung für sein Verhalten dabei. Und weil sie nicht darauf reagiert hatte, hatte er neue Fotos ins Internet gestellt.

Sollte sie Kontakt mit ihm aufnehmen? Ihn nach Strich und Faden beschimpfen? Oder lieber doch nicht – machte sie es damit vielleicht nur noch schlimmer? Sollte sie es jemandem aus der Schule erzählen? Aber wem? Schaffte sie das? Was sollte das bringen?

Sie fand keine Lösung. Sie saß auf dem Stuhl in ihrem Zimmer und hatte das Gefühl, dass jemand sie in ein schwarzes Loch geschoben hatte. Und niemand konnte ihr heraus helfen! Sie musste einfach nur abwarten, dachte sie. Es ging von selbst vorüber, hoffte sie.

Jade stand wieder vom Schreibtischstuhl auf. Und jetzt? Was sollte sie jetzt tun? Sie wünschte sich, nicht mehr grübeln zu müssen. Sie wollte, dass es vorbei war.

Aber es war noch nicht vorbei. Freitagmorgen klingelte das Telefon. Jade nahm selbst ab.
»Hallo, Jade, hier ist Marieke van Veenen.«
Ihre Klassenlehrerin! Warum rief die denn jetzt an?
»Kannst du heute Nachmittag mal vorbeikommen?«, fragte Marieke. »Ich möchte etwas mit dir besprechen.«
Jade erschrak. Etwas besprechen? Was hatte das zu bedeuten? Blieb sie sitzen? Waren die letzten Arbeiten, von denen sie noch nicht wusste, wie sie ausgefallen waren, so furchtbar schlecht gewesen, dass sie nicht durchkam? Oder ging es um etwas anderes?
»Heute Nachmittag um zwei Uhr, geht das?«, fragte Marieke.
Wie benommen sagte Jade: »Äh ... gut. Um zwei Uhr. Wo?«
»Schön. Ich warte ganz oben in Zimmer 315 auf dich.«
»Und meine Eltern ...«
»Nein, ich möchte nur mit dir reden. Bis heute Nachmittag.«
Keine Viertelstunde später standen ihre Freundinnen vor der Tür. Mit einem schuldbewussten Blick in den Augen.
»Wir kommen mit, wir sind nämlich schuld daran«, sagte Sacha.
»Wir wollen dir helfen, wissen aber auch nicht genau, wie«, ergänzte Malini und kratzte sich mit dem Zeigefinger an der Wange.
Und Lian sagte schließlich: »Dann sind wir zu Marieke gegangen, um sie um Rat zu fragen.«

Um genau zwei Uhr befand sich Jade mit Sacha auf dem

Weg durch die leere Schule nach oben. Warum Marieke dort war und nicht in ihrem eigenen Klassenzimmer, wussten sie nicht.

»Du kommst doch mit rein, oder, Sas?«, fragte Jade kurz, bevor sie anklopfte.

Sacha nickte. Das hatten sie so vereinbart, Malini und Lian warteten unten in der Cafeteria.

Jade schluckte. Sie hatte ein dumpfes Gefühl im Magen, als sie an die Tür klopfte. Eine Frauenstimme rief, dass sie reinkommen durften.

Sie betraten ein nicht allzu großes Zimmer, in dem Marieke mit einer unbekannten jungen Frau sprach. Sie drehten sich zu den zwei Mädchen um, und Marieke sagte: »Hallo, Jade, hallo, Sacha, kommt rein.«

Die andere Frau, mit Jeans und einem schwarz-silbernen Pulli bekleidet, hatte ein Piercing in der rechten Augenbraue. Marieke stellte sie ihnen vor: »Das ist Daniëlle, sie arbeitet als Schulpsychologin bei uns.«

»Hi«, sagte Daniëlle und gab Jade und Sacha die Hand.

»Ich habe dich heute Morgen ein bisschen überfallen, stimmt`s?«, fuhr Marieke fort. »Aber ich nehme an, dass du schon weißt, worum es geht? Du hast Sacha ja sogar mitgebracht.« Sie machte eine Kopfbewegung in Sachas Richtung. »Deine Freundinnen machen sich Sorgen um dich. Sie fanden, dass wir dir helfen müssten.«

Jade schluckte ein paarmal und wartete ab, was sie weiter sagen würde. Ihre Lippen waren trocken, sie fuhr sich mit der Zunge darüber, um sie zu befeuchten.

»Böse?«, fragte Marieke.

Jade schüttelte den Kopf.

»Und ich habe Daniëlle um Rat gebeten. Auch darum sitzen wir hier. Findest du es in Ordnung, wenn sie dabei ist?«

»Sehr gut«, brachte Jade hervor.

»Dies ist mein Büro«, sagte Daniëlle jetzt. »Wir dachten, wir setzen uns hierher, da redet es sich besser als in einem Klassenzimmer.« Sie wies auf die Stühle. »Bitte, setzt euch.«

Vor dem Fenster stand ein Schreibtisch mit Computer, und an der Tür ein großer Tisch mit vier Stühlen. Auf dem Tisch standen eine leere Kaffeetasse, ein leeres Glas und eine Packung Taschentücher. Jade setzte sich vorsichtig auf eine Ecke des Stuhls und hielt den Blick auf die Taschentücher gerichtet. Hierher kam keiner zum Spaß, das war klar. Sacha setzte sich auf den Stuhl neben ihr, Marieke ihnen gegenüber, und Daniëlle, die einen Block und einen Stift vom Schreibtisch holte, nahm den letzten Stuhl. Sie sah Jade freundlich an.

»Soweit ich es verstanden habe, hast du im Internet einen netten Jungen kennengelernt«, begann Marieke. »Und du hast ihm völlig vertraut. Darum hast du ihn an MSN zugefügt, um dort mit ihm reden zu können. Stimmt das?«

Jade nickte. Wieder fuhr sie sich mit der Zunge über die Lippen. Den Blick noch immer auf das Paket Taschentücher gerichtet, erzählte sie von Yoram. Am Ende der Geschichte glitt ihre Hand zu einem Taschentuch. Lautstark putzte sie sich die Nase.

»Und jetzt hat er seine Drohungen wahr gemacht«, sagte Marieke. »Es stehen Nacktfotos von dir im Internet.«

Jade nickte. »Er hat die Fotos von der Cam genommen und gespeichert oder wie man das nennt.«

Jetzt fügte Sacha hinzu: »Und gestern hat er Jades E-Mail-Adresse hinzugefügt.«

»Und ich weiß nicht, was ich jetzt machen soll«, sagte Jade und nahm sich ein neues Taschentuch.

»Es ist sehr gut, dass du es erzählt hast«, sagte Daniëlle. Jade hatte ihre Anwesenheit ganz vergessen gehabt. »Weißt du«, fuhr sie fort, »heutzutage kann man in der Regel die IP-Adresse eines Computers herausfinden. Wisst ihr, was das ist?«

Jade schüttelte den Kopf, aber Sacha antwortete: »Es ist wie eine Art Adresse des Computers, oder?«

»Ja«, sagte Daniëlle. »So wie ein Haus eine Adresse hat, so hat ein Computer auch eine. Wenn du die E-Mail-Adresse von jemandem hast, kannst du seine IP-Adresse herausfinden. Und damit seine Anschrift. Jedenfalls, wenn derjenige von zu Hause aus mailt und in MSN geht.«

Sie schwieg kurz. Dann fragte sie: »Hast du eine Ahnung, ob Yoram von zu Hause aus in MSN gegangen ist oder zum Beispiel in der Schule? Dann wird es viel schwieriger, ihn aufzuspüren.«

»Von zu Hause aus«, sagte Jade.

Aber Sacha fragte: »Und wenn er seine E-Mail-Adresse inzwischen geändert hat?«

Daniëlle blickte Jade an. »Hast du seine E-Mails noch? Oder hast du alles gelöscht?«

»Ich habe nichts gemacht«, sagte Jade. »Ich habe den Computer nicht mehr angestellt.«

»Das ist gut«, sagte Marieke. »Dann sind alle Daten noch da.«

»Ich habe MSN so eingestellt, dass alle Gespräche automatisch gespeichert werden«, sagte Jade. »Die sind also auch noch vorhanden.«

»Ganz hervorragend. Je mehr Beweise, desto besser. Und deine Cam?«

»Die hat nichts gespeichert«, antwortete Jade. »Ich wusste nicht mal, dass das geht.«

»Und die neue E-Mail-Adresse?«, fragte Sacha wieder.

Jetzt sah Daniëlle Sacha an. »Das weiß ich nicht genau. Ich glaube nicht, dass es ein Problem ist, wenn man die Daten der alten noch hat. Eine E-Mail-Adresse ist immer an die IP-Adresse gekoppelt.«

»Was soll ich jetzt tun?«, fragte Jade.

»Ich würde dir raten, deinen Eltern davon zu erzählen und mit ihnen gemeinsam Anzeige zu erstatten«, war Daniëlles Vorschlag.

Jade erschrak. Hetty!, dachte sie. Die hatte das Gleiche gesagt. Also sollte sie vielleicht … Und wenn sie es nicht selber tat, ging garantiert Hetty zur Polizei, oder sie würde es Mama und Papa erzählen. Jade war sich sicher: Hetty hatte ihr etwas Zeit gegeben, aber ihre Geduld hatte irgendwann ein Ende.

»Äh …«, sagte sie zögernd. »Ist das wirklich nötig?«

»Es ist deine Sache«, antwortete Daniëlle, »aber es ist wichtig, dass er gestoppt wird und es keine weiteren Opfer gibt.«

20

Unten in der nahezu leeren Cafeteria saßen Malini und Lian und warteten. Als Jade und Sacha kamen, holten sie Cola und Kuchen und lauschten aufmerksam dem Bericht der beiden. »Und, wirst du es tun?«, fragten beide Jade.

Jade wurde rot. »Ich denke schon«, sagte sie. Und seltsamerweise fühlte sie sich auf einmal sehr erleichtert. Sie musste deshalb richtig seufzen.

Sacha legte einen Arm um sie. »Finde ich mutig von dir! Wenn du willst, kommen wir mit.«

»Und die Fotos im Internet?«, sagte Malini. »Habt ihr auch gefragt, was damit passieren soll?«

Sacha antwortete: »Wir können den Webmaster bitten, sie runterzunehmen.«

»Zum Glück«, seufzte Lian.

»Ja ...« Sacha seufzte mit ihr mit.

Doch Malini merkte an: »Aber das Internet ist schnell. Wenn sie jetzt schon woanders stehen?«

Das brachte ihr einen Ellenbogenstoß von Sacha ein. »Wir gehen auf die Suche, und dann bitten wir alle Webmaster, die Fotos runterzunehmen.«

»Ja, aber«, überlegte Jade, »vielleicht bleiben sie trotzdem ewig stehen, und jeder kann sie sich bis Ultimo anschauen.«

»Sei nicht so düster«, sagte Lian. »Wir gehen davon aus, dass sie runtergenommen werden.«

»Komm!«, sagte Sacha. »Auf geht`s.«
»Lieb von euch«, sagte Jade. Und sie ließ sich von ihren Freundinnen nach Hause bringen.

Jetzt musste sie es ihren Eltern erzählen. Sacha bot wieder an, dabeizubleiben. Und das war auch gut, denn es gab Jade mehr Mut. Noch am selben Abend, als sie zu viert beim Kaffeetrinken saßen, sprach sie mit ihren Eltern.

Als Jade zu Ende erzählt hatte, rief ihre Mutter: »Siehst du, genau so was hatte ich befürchtet. Das hast du jetzt davon! Durch deine freizügigen Fotos hast du ganz prima die verkehrten Männer angelockt.« Sie hatte sich auf den Sofarand gesetzt, und ihre Stimme klang scharf.

Jade machte sich ganz klein. Genau davor hatte sie Angst gehabt, vor diesen Worten. Es war alles schon schlimm genug, ihre Mutter musste es ihr nicht auch noch unter die Nase reiben. Aber dann sagte Jades Vater zum Glück: »Leonne, hör auf, damit hilfst du Jade jetzt auch nicht.«

Aber wie er sie ansah! Und er sagte: »Auch wenn du mich ziemlich enttäuschst. Ich dachte, du seiest klüger ...«

Für einen Moment schwiegen alle.

Jade wartete ab, mit gesenktem Kopf. Sacha rutschte unruhig auf dem Sofa hin und her, das sah Jade aus den Augenwinkeln.

Aber dann sagte Jades Vater: »Nun wissen wir jedenfalls, was in letzter Zeit mit dir los war. Gut, dann können wir uns jetzt überlegen, wie wir das lösen. Wir sollten erst mal den ganzen Mist von deinem Computer löschen!« Er war, während er das sagte, schon aufgestanden.

Sacha schnellte hoch. »Man darf an dem Computer nichts verändern«, sagte sie schnell. »Das ist alles Beweismaterial.«

»Die Schulpsychologin hat mir geraten, Anzeige zu erstatten«, sagte Jade leise. »Und dafür braucht man Beweise.«

»Mit den Daten aus Yorams E-Mails kann die Polizei ihn ermitteln«, fügte Sacha hinzu.

Jades Vater setzte sich wieder hin. Er sah die Mädchen an.

Auch Jades Mutter blickte von Sacha zu Jade und wieder zurück, als ob erst jetzt zu ihr durchdrang, das dies mehr war als ein dummer Jungenstreich. »Ach herrjemine. Ja, ja, ihr habt natürlich recht. Man darf bestimmt nichts löschen, die Polizei will das alles sehen«, sagte sie.

»Ja, natürlich! Jade muss Anzeige erstatten!«, wiederholte Jades Vater.

»Das ist also möglich bei so etwas?«, fragte Jades Mutter zur Sicherheit.

Sacha nickte und sagte: »Ja, Daniëlle hat gesagt, dass es vernünftig wäre. Dann erfährt auch die Polizei, was geschehen ist.«

»Und das gibt mir ein gutes Gefühl«, sagte Jade.

Jetzt erst legte Jades Mutter den Arm um ihre Schulter und drückte sie kurz an sich. »Hey, wie schrecklich für dich!«

»Ich konnte wirklich nichts dafür«, sagte Jade noch einmal. »Er war zuerst so lieb.«

»Aber dich auszuziehen …«, sagte ihre Mutter vorsichtig.

Jade sagte dickköpfig: »Im echten Leben macht man das doch auch irgendwann?«

»Hm, ja. Aber bist du nicht ein bisschen zu vertrauensselig gewesen?«, fragte ihre Mutter sich.

»Vielleicht«, gab Jade zu. »Aber wenn man erst mal anfängt, jedem zu misstrauen, kann man doch nicht mehr normal miteinander umgehen?«

Sacha pustete sich an die Stirn, wodurch ihre Locken hochflogen. »Wir machen das alle«, sagte sie, »Kontakte über das Internet suchen.«

»Hast du denn auch so einen Internetfreund?«, fragte Jades Mutter.

»Nein, das nicht«, antwortete Sacha, »aber ich rede dort auch mit Jungen. Sehr viele Jugendliche haben eine virtuelle Beziehung. Und sie verabreden sich auch oft genug! Manche treffen sich richtig und kommen dann ganz normal zusammen.«

»Ja, und das kann auch schlimm ausgehen! Darüber liest man immer wieder in der Zeitung«, rief Jades Mutter aus.

»Das sind Ausnahmen«, sagte Sacha entschieden. »Und die Mädchen haben bei der Verabredung nicht aufgepasst. Sie ist alleine hingegangen oder so, oder das Mädchen ist zu ihm nach Hause gegangen. Das darf man niemals tun. Man kann sich verabreden, aber dann muss man jemanden mitnehmen, und es muss immer an einem Ort sein, an dem noch andere Leute sind.«

»Und hast du auch ein Profil in dieser Community oder wie man das nennt?«, wollte Jades Mutter jetzt wissen. »Hast du auch solche Erfahrungen gemacht?«

»Nein, habe ich nicht«, sagte Sacha. »Aber ich stehe da

auch drin. Sehr viele Mädchen sind dort. Es macht riesigen Spaß. Was Jade da erlebt hat, ist wirklich nicht normal.«

Jade fiel auf einmal etwas ein. »Mama, ich kann auch in der Disco einem fiesen Typen begegnen.«

»Der erst lieb und nett wirkt und später schlimme Sachen macht«, ergänzte Sacha.

Jades Mutter seufzte. »Ja, das stimmt. Das kann natürlich überall passieren.«

»Sollten wir uns noch angucken, was er in letzter Zeit an Jade geschrieben hat?«, fragte Jades Vater ihre Mutter. »Ob es neue Drohungen gibt?«

»Nein! Bloß nicht! Ich will es gar nicht wissen«, rief Jade. Allein die Vorstellung! Dann würde ihr Vater auch die ganzen Mails vom Anfang lesen können. Das war ihr doch ein bisschen zu privat. »Und er war zu Beginn wirklich nett«, sagte sie noch einmal.

Ihr Vater umarmte Jade und drückte sie an sich. »Ach, mein Mädchen«, sagte er tröstend. Dann sagte er wütend: »Verdammt noch mal, dieser Mistkerl ist entschieden zu weit gegangen! Er hat dich … hat dich …« Seine Stimme zitterte. »Verdammt noch mal!«, sagte er dann nur noch. Dann stand er auf, um Papier und Stifte zu holen. »Wir notieren mal alles der Reihe nach. Dann haben wir einen übersichtlichen Bericht, wenn wir zur Polizei gehen.«

»Und dann nimmst du deine Fotos von dieser Website, und dein Vater stellt den Computer nach unten, ins Wohnzimmer«, sagte Jades Mutter.

»Nein, das ist Quatsch«, protestierte Jade. »Ich bin doch kein Kleinkind! Es hat nichts mit der Site zu tun. Die ist sicher. Ich bin schuld. Es war dumm von mir, ihn an MSN zuzufügen.«

»Ja, aber du wusstest nicht, dass er sich so aufführen würde«, sagte Sacha. »Es gibt Massen von Mädchen, die im Internet einen netten Freund haben.«

»Stimmt, aber mir ist jetzt klar, dass man ein Risiko eingeht, wenn man jemanden nicht gut kennt. Ich würde so was nie mehr tun.« Jade drehte eine Haarsträhne um ihren Zeigefinger. »Man muss Nein sagen können, und der andere muss das akzeptieren.« Sie überlegte wieder. Dann fasste sie zusammen: »Und außerdem werde ich nie mehr jemandem Fotos schicken, ich schalte die Cam nur noch bei Bekannten ein, füge niemanden mehr an MSN zu, den ich nicht kenne, und ich werde auch alle Namen von Leuten, die ich nicht kenne, von meiner Adressenliste streichen.« Jade holte Luft. »Ich werde einfach ganz vernünftig sein.«

»Aber du hast auch einfach Pech gehabt«, sagte Sacha. »Er hätte genauso gut ein klasse Typ sein können, und ihr wärt jetzt ein glückliches Paar.«

Jade sah sie an. In Sachas Blick las sie warmes Verständnis und Freundschaft.

»Die netten Jungs sind nämlich in der Mehrheit«, fügte Sacha noch hinzu. Dann grinste sie. »Wir müssen sie nur noch kennenlernen.«

Hi!

Hast du meine Geschichte gelesen? Schlimm, oder? Ich habe bei der Polizei Anzeige erstattet. Meine Eltern waren beide dabei und Sacha auch. Sie musste mir die Hand halten! Aber es war dann doch gar nicht so schlimm. Ich habe meine Geschichte inzwischen ein paarmal erzählt, und der Polizist war sehr nett.
Er hat gesagt, dass es sehr gut wäre, dass wir gekommen sind. Das, was ich mit Yoram erlebt habe, geschieht öfter, sagte er, und wenn die Mädchen das nicht anzeigen, erfährt die Polizei nichts davon.
Offensichtlich tun sich viele Mädchen damit schwer und lassen es auf sich beruhen. Aber dann kann die Polizei nichts unternehmen. Ohne Anzeige kann Yoram einfach weiter nach Opfern suchen. Die Vorstellung, dass er noch mit anderen Mädchen so umgeht, macht mich ziemlich traurig. Denn ich hab mir überlegt, dass er am Anfang, als es so schön war, vielleicht all das, was er sagte, nicht einmal ernst gemeint hat.

Vielleicht war er von Beginn an darauf aus, mir mit seinen schönen Worten an die Wäsche zu gehen.

Ich war noch nie auf einer Polizeiwache. Auch wenn ich nichts Falsches getan hatte, allein das Gebäude macht einen schon nervös. Mich jedenfalls. Wir mussten in ein Zimmer im dritten Stock, in dem zwei riesige Schreibtische standen, auf denen eine Menge Zeug lag und natürlich zwei Computer standen. Wir bekamen Kaffee und Tee, und dann musste ich meine Geschichte erzählen. Der Polizist machte sich Notizen und fragte immer wieder nach Einzelheiten. Er schrieb alles auf. Schon eine komische Situation, mit den Eltern dabei! Alles in allem dauerte es ziemlich lange. Nun ja.

Der Polizist fand es gut, dass mein Vater alles übersichtlich zusammengestellt hatte, was passiert war, aber noch lieber wäre es ihm gewesen, wenn wir ein paar von Yorams Mails oder MSN-Gesprächen, in denen er mir gedroht hatte, dabeigehabt hätten. Er sagte, dass die Daten und der Zeitpunkt, an dem die E-Mails verschickt worden sind, wichtig seien, um ihn aufzuspüren. Aber sie werden sie schon noch gefunden haben, denn im Anschluss daran haben sie meinen Computer geholt. Sie haben alles durchsucht, was sie finden konnten. Ich habe mich zu Tode geschämt! Aber es ist mir lieber, dass dieser Mann das alles sieht und liest, als mein Vater!
Der Polizist hat erklärt, dass heutzutage durch DSL und Kabel und so weiter jeder Computer eine feste Adresse hat. Wenn man die weiß, kann man seine Hausanschrift herausfinden. Dann wird Yorams Computer beschlagnahmt und durchsucht. Darauf ist nämlich auch Beweismaterial. Yoram wird dann festgenommen. Das klingt total verrückt! Es ist zwar dämlich, aber ich kriege richtig Mitleid mit ihm, wenn ich mir das vorstelle. Na ja, jedenfalls, wenn ich an den Yoram vom Anfang denke. Dann tut mir auch fast leid, dass ich ihn angezeigt habe. Was wird mit ihm passieren? Wenn das mit seinem Tief gestimmt hat und mit seinen Problemen, wie soll es dann mit ihm weitergehen? Oder war das auch Fake? Ich werde es nie erfahren. Aber wenn ich dann wieder an den Yoram vom Ende denke, dann ist meine Meinung: Genau richtig so! Verhaftet ihn!

Wenn sie ihn erwischen, nehmen sie Yoram also mit, und er muss dann auf jeden Fall ein ernstes Gespräch mit der Polizei führen. Vielleicht wird er auch verurteilt. Ich habe noch gefragt, welche Strafe ihm drohen kann: eine Geldstrafe oder vielleicht sogar Gefängnis! Puh!

Es könnte allerdings eine Weile dauern, sagte der Polizist, bis alles über die Bühne ist. Ich würde viel Geduld brauchen.

Er hat mir auch noch gesagt, dass ich wirklich keine Schuld habe. Yoram ist der Böse! Er hat mich unter Druck gesetzt. Und wenn es genug Beweise gibt, wird er seine verdiente Strafe bekommen.

Insgeheim habe ich Angst, dass er sich irgendwann rächen könnte. Angenommen, er wird bestraft, und dann danach ... Er weiß, wo ungefähr ich wohne, wie ich aussehe ...

Aber gut, darüber darf ich nicht zu viel nachdenken. Vielleicht passiert das ja auch gar nicht. Er hat auch noch immer nichts an meine Eltern geschickt. Und wenn er es doch noch tut, ist es nicht schlimm; sie wissen jetzt Bescheid.

Eigentlich ist die Vorstellung sehr schön, dass meine Eltern alles wissen! Das musst du dir merken: Wenn dir etwas Schlimmes passiert, ist es wichtig, dass du es jemandem erzählst. Das macht echt einen Unterschied, du fühlst dich viel besser, wenn jemand Bescheid weiß. Und ich hoffe auch für dich, dass du genauso tolle Freundinnen hast wie ich. Sie fanden alles sehr interessant, was ich zu erzählen hatte. Sacha und ich haben ausführlich berichtet.

Auf der Polizeiwache haben meine Eltern übrigens auch noch einen Einlauf bekommen! Ehrlich! Der Polizist hat ge-

sagt, dass Eltern viel zu wenig darüber wissen, was ihre Kinder im Internet tun. Sie hätten mich besser überwachen müssen. Aber dann hat er auch gesagt, dass ein Computer im eigenen Zimmer keine sehr gute Idee sei. Darüber haben wir uns später noch ziemlich gestritten. Und ich habe verloren. Der Computer steht unten. Vorläufig, wie ich meine. Ich habe meiner Mutter erklärt, wie die Community funktioniert, und jetzt versteht sie zumindest, was daran Spaß macht. Und es ist eigentlich ganz gemütlich, öfter mal unten zu sein. Das sagt meine Mutter auch. Und sie zeigt auf einmal auch Interesse an dem, was ich am Computer mache! Dann ärgere ich sie: »Das musst du jetzt wohl, weil die Polizei das gesagt hat!« Sie wird dann richtig rot! Echt lustig.

Hast du eigentlich gedacht, ich würde nie mehr chatten? Und ob ich das tue. Das ist nun mal das Schönste, was es gibt, findest du nicht? Aber ich habe meine Lektion gelernt. Ich bin vorsichtig.

Die Fotos sind von der Site genommen worden, und meine Freundinnen haben sie nirgendwo anders stehen sehen. Und so langsam vergesse ich alles ein bisschen.
He, viel Spaß noch im Internet, und behalte einen kühlen Kopf, wenn du chattest! Tschüss!

Jade

P.S. Ist dir auch schon mal etwas Schlimmes passiert? Weißt du dann, wie du dich verhalten musst? Lies mal die nächsten Seiten. Vielleicht steht dort etwas, was dir weiterhilft.

Tipps für sicheres Chatten

* Chatte nicht unter deinem eigenen Namen, sondern unter einem Nickname. Pass auf, dass auch deine E-Mail-Adresse nicht deinen eigenen Namen beinhaltet. Gib nie deine Adresse, Telefonnummer, den Namen deiner Schule oder andere persönliche Daten weiter. Halte dein Passwort geheim, und wähle eins, das nicht leicht zu erraten ist, so wie dein Hobby oder der Name von deinem Haustier.

* Behandele andere respektvoll, sei höflich. Mach dich über niemanden lustig, erzähl im Internet nichts über andere herum.

* Nimm nicht jeden in deine Kontaktliste auf. Übernimm nicht einfach so Kontakte deiner Freunde. Eine Liste mit 150 Personen sieht vielleicht cool aus, aber du gehst damit ein Risiko ein.

* Sei dir bewusst, dass sich hinter jedem in Wirklichkeit ein anderer verbergen kann. Es gibt nun einmal Menschen, die via Chatsites Kontakt mit Kindern/Jugendlichen suchen, um sie zu missbrauchen. Denk immer daran!

* Chatte am besten in MSN, das ist eine große Community und relativ sicher. Du fügst selbst Personen hinzu, und du kannst sie blockieren. Männer mit schlechten Absichten sind vor allem in offenen Chatrooms in Aktion. Melde schmierige Leute dem Moderator oder Webmaster. Der kann sie ausschließen.

* Denk daran, dass in einem Chatroom alles, was du sagst oder schreibst, von jedem gelesen werden kann. MSN ist zwar intimer, aber auch hier gilt, dass der andere alles speichern und im Internet veröffentlichen kann. Wenn du in MSN deine Webcam anstellst, dann sei dir bewusst, dass der, der deine Bilder sieht, diese abspeichern kann. Sei also vorsichtig!

* Öffne nie Anhänge von Absendern, die du nicht kennst, sie könnten einen Virus enthalten.

Was kannst du tun, wenn im Chat oder in einer Mail etwas Unangenehmes steht, zum Beispiel Bemerkungen über Sex, Schimpfworte oder Beleidigungen?

* Versuche, es nicht an dich heranzulassen, es ist vielleicht nicht einmal persönlich gemeint. Du kannst nichts dafür. Es liegt wirklich nicht an dir. Reagier nicht darauf, stell den Computer aus, und mach für eine Weile etwas anderes.

* Blockiere denjenigen, dann kann er nicht mehr sehen, wann du online bist.

* Du kannst dir einen anderen Namen ausdenken und auf diese Weise weiterchatten. Du kannst auch deine E-Mail-Adresse ändern.

* Lass dich nicht verführen! Geh nicht auf merkwürdige Angebote ein.

* Erzähl es deinen Freunden, deinen Eltern, einem Lehrer.

Darüber zu sprechen macht es leichter, und deine Eltern können den Chatter, der dich bedrängt, auch anzeigen.

* Du kannst es auch melden, auf www.internet-beschwerdestelle.de oder www.jugendschutz.net.

* Melde dem Moderator der Website auffällige Chatter.

Was tust du, wenn sich jemand mit dir verabreden will?

* Überleg dir sehr gut: Wie sicher bist du, dass er der ist, der er zu sein vorgibt? Hast du Zweifel? Dann lass es!

* Wenn du hingehen möchtest, dann sorge dafür, dass jemand mit dir mitkommt. Verabrede dich an einem Ort, an dem viele Menschen sind. Erzähl zu Hause, wo du bist, und nimm dein Handy mit. Dir kommt etwas komisch vor? Dann nichts wie weg!

Was kannst du tun, wenn du eine schlimme Erfahrung mit der Webcam gemacht hast?

* Sprich darüber.

* Und benutze deine Webcam von nun an nur noch bei Leuten, die du kennst.

* Speicher die Bilder! In der Anleitung deiner Webcam kannst du nachlesen, wie das geht. Wenn es sehr schlimm ist, kannst du mit den Bildern als Beweismittel Anzeige erstatten.

Und was, wenn du mit Nacktfotos oder -bildern erpresst wirst?

* Geh nicht darauf ein. Viele Leute tun nicht, was sie androhen.

* Erzähle deinen Eltern, deinem Lehrer oder einem Erwachsenen, dem du vertraust, davon.

* Du kannst auch 0800 111 0332 anrufen und fragen, was du tun sollst. Das ist die »Nummer gegen Kummer«. Du kannst auch eine Mail hinschicken, geh dazu auf www.kummerkasten.kika.de.

Und wenn es immer weitergeht und du es nicht stoppen kannst?

* Dann ist es Stalking geworden, und Stalking ist strafbar. Dann kannst du Anzeige erstatten.

* Es ist klug, schmutzige Mails aufzuheben. Das ist Beweismaterial! Bei MSN kann man Chatsessions speichern.

Anzeige erstatten? Das geht! Aber wie?

Nimm Beweismaterial mit, also einen Ausdruck der entsprechenden Mails oder Chatsessions (siehe oben) oder Aufnahmen der Webcam. Vergiss nicht, zu notieren, von wann die Mails oder Chattsessions sind (Datum und Zeitpunkt des Versendens). Nimm seine E-Mail-Adresse mit und auch die

IP-Adresse deines Computers. Dies ist die »Anschrift« deines Computers. Infos darüber findest du auf www.meine-ip.de.

Du wirst an einen Ermittler der Sittenpolizei verwiesen. Der will so genau und ausführlich wie möglich wissen, was geschehen ist.

Wer chattet oder mailt, besitzt eine E-Mail-Adresse. Mit ihrer Hilfe kann man die IP-Adresse deines Peinigers herausfinden. Wenn sie bekannt ist, kann über den Provider geforscht werden, von welchem Ort er gechattet oder gemailt hat. Auf Weisung der Polizei muss der Provider Name, Adresse und Wohnort desjenigen bekannt geben, der die E-Mail-Anschrift zum betreffenden Zeitpunkt benutzt hat. Wenn dies eine Schule, eine Bibliothek oder ein Internetcafé ist, verläuft die Untersuchung möglicherweise im Sande. Es ist dann schwierig, herauszufinden, wer es gewesen ist. Aber wenn es sich um eine Hausanschrift handelt, werden die Bewohner befragt. Es wird auch der Computer als Beweismaterial eingezogen, übrigens genauso wie dein Computer. Der wird auch untersucht. Der Täter wird mitgenommen, mindestens zu einem Gespräch. Abhängig von dem, was geschehen ist, kann er auch verurteilt werden.

Für mehr Informationen: www.internet-beschwerde.de oder www.klicksafe.de.

OETINGER TASCHENBUCH

LIEBES-CHAOS UND ANDERE TURBULENZEN

Anja Fröhlich
Himmelblau und Himbeerrot
176 Seiten I ab 12 Jahren
ISBN 978-3-8415-0216-2

Mai stirbt fast vor Eifersucht: Ihr Freund Leon nimmt eine englische Austauschschülerin, die schöne Amanda, bei sich auf. Und dann spielen die beiden auch noch die Hauptrolle in »Romeo und Julia«! Auf einer Party verliert Mai die Nerven und macht mit Leon Schluss. Zum Glück gründen Mais Freundinnen sofort eine »Mai-Wiederaufbau-Initiative«: Nach der Trauerarbeit folgt Phase 2, das Kennenlernen neuer Jungs.

www.oetinger-taschenbuch.de

OETINGER TASCHENBUCH

ZWISCHEN EBBE UND FLUT

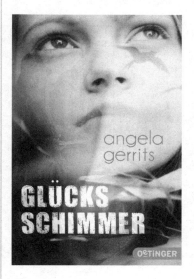

Angela Gerrits
Glücksschimmer
Originalausgabe
176 Seiten | ab 13 Jahren
ISBN 978-3-8415-0106-6

Moritz. So heißt Ruths einziger Lichtblick. Denn seit ihrem Umzug von Hamburg in die bayerische Kleinstadt reiht sich in ihrem Leben eine Katastrophe an die nächste. Da kommt ihr die Klassenfahrt an die Nordsee gerade recht. Hier soll auch bei Moritz endlich der Funke überspringen! Doch es kommt anders...

www.oetinger-taschenbuch.de